© Autonomia Literária, São Paulo, para a presente edição.
© Marcelo Semer 2017.

Coordenação editorial
Cauê Ameni; Hugo Albuquerque & Manuela Beloni
Revisão
Márcia Ohlson
Preparação
Hugo Albuquerque
Diagramação
Manuela Beloni
Capa
Vitor Teixeira
Ilustração e desenho da orelha
Rafael Fernandes Semer

Dados Internacionais de Catalogação na Publicação (CIP)
Vagner Rodolfo CRB-8/9410

S471e   Semer, Marcelo

Entre salas e celas: dor e esperança nas crônicas de um juiz criminal / Marcelo Semer. - São Paulo : Autonomia Literária, 2017.
144 p. ; 14cm x 21cm.

Inclui índice.
ISBN: 978-85-69536-14-7

1. Direito. 2. Audiência Criminal. 3. Juiz criminal. 4. Crônicas. I. Título.

2017-518

CDD 340
CDU 34

Índice para catálogo sistemático
1. Direito 340
2. Direito 34

EDITORA AUTONOMIA LITERÁRIA
Rua Conselheiro Ramalho, 945
01325-001 São Paulo - SP
autonomialiteraria@gmail.com
www.autonomialiteraria.com.br

MARCELO SEMER

ENTRE SALAS E

CELAS

Dor e esperança
nas crônicas de um juíz criminal

3ª EDIÇÃO

AUTONOMIA LITERÁRIA
2019

SUMÁRIO

6   **PREFÁCIO**: O Inquisidor como Cronista

10   O choro e o choro de Kátia

13   A surpresa de Maria José

17   A sombra dos dentes

21   O bilheteiro fanho do cinema gay

24   Atitude suspeita

27   Sovina

31   Pernas curtas

35   Os olhos da morte

39   Ver para crer

42   O local do crime

47   Duas vezes Bianca

53   Providências

56   Hector

62   Um oficial cheio de justiça

68   O bom ladrão

71	Pé de coelho
75	Liberdade provisória
78	Olho mágico
82	Bagatela
85	O medo do juiz diante do réu
88	Aqui se faz, ali se paga
92	Roubar para morrer
95	De novo
99	Sarna
102	O estuprador
105	Toshiro, o réu que eu não conheci
110	A confissão
115	Segurança
120	A sentença
124	O homem errado
127	Réquiem
131	Silêncio
135	Dona Vanda
139	Histórias desperdiçadas

PREFÁCIO

O Inquisidor como Cronista

É comum no meio jurídico diferenciar a verdade "real" da verdade "formal". De forma bem simples, ambas são formas de representação da realidade discutida em uma demanda judicial. A primeira (mais antiga e atualmente bastante desprestigiada) é uma espécie de presunção inquestionável da ocorrência de um fato, extraída do conjunto das provas do processo. Com o passar dos anos, percebeu-se ser impossível o retrato fidedigno, exato e transparente de um acontecimento, uma vez que a acusação e a defesa são incapazes de recontar uma história exatamente como ela aconteceu, sem deixar de influenciar a narrativa com suas vontades de induzir o juiz a atendê-los. Mesmo nos mais burocráticos dos documentos, aparentes notas imparciais e produzidas despretensiosamente, descobrimos que, para lê-los, é imperioso interpretá-los. O que dirá, então, do relato das pessoas que presenciaram a tragédia de um crime? O anseio por uma experiência perfeita do passado não é muito diferente do ideal platônico. Resta, ao juiz, a frustração de nunca o atingir, mesmo após caminhar pelo diáfano espectro lançado entre os árticos contraditórios de verdades que lhe foram apresentados durante a instrução para, ao final, reconstruir o que aconteceu e definir o destino dos atores envolvidos no litígio.

Mas não é o caso de Marcelo Semer.

A simbologia presente no titulo deste livro não é apenas

uma conveniente aliteração, mas a melhor tradução da naturalidade com que o autor passeia pelas salas do mundo civilizado e celas da barbárie carcerária. Nas páginas a seguir, Semer não teme expor sua angústia de nunca saber – humildade cara àqueles que podem dizer o direito. Munido de uma sensibilidade ímpar, ele não se deixa seduzir pela piedade barata que poderia impingir sobre os personagens que encontrou ao longo da carreira: réus, vítimas e outros transeuntes do processo, aqui reconstruídos a partir de um olhar que denuncia uma intimidade quase incômoda a nós, leitores, cuja desgraça dos desafortunados só conhecemos através dos jornais.

A verdade, a pequena verdade, não lhe basta. Os motivos banais que orbitam o crime, descartados do processo por não interessarem ao proferimento da sentença, são aqui aprofundados para revelarem seres humanos no extremo de suas existências. A jovem traficante que chora ao ser absolvida. A esposa feliz que, sem razão aparente, aperta o gatilho de um revólver contra seu próprio ouvido. O desespero do juiz ao perceber, na opacidade sombria dos dentes podres do réu algemado, seu medo de tornar-se, ele próprio, a vítima. Apesar da espantosa riqueza etnográfica recolhida nestas páginas, ele em nada se assemelha aos escrivães de Friuli, homens de um judiciário perdido no tempo para os quais, na Itália dos séculos XVI-XVII, *as palavras, os gestos, o corar súbito do rosto, até os silêncios – tudo era registrado com meticulosa precisão pelos escrivães do Santo Ofício*[1]. Muito além de ser apenas um cronista agradável, que registra com distância segura a ação da adversidade do sistema sobre a sorte dos cidadãos,

---

[1] GINZBURG, Carlo. (1989), "O inquisidor como antropólogo".

Semer parece querer saber se as as lágrimas destas pessoas que escorrem pela sala de audiência têm o mesmo sabor das suas. Para reescrever tais histórias, utiliza como instrumento ora a régua precisa da razão, ora as pinceladas oníricas do sentimento. A dimensão *kafkaniana* de um pretenso realismo, que não retrata a crua forma das pessoas e as histórias que contam, mas suas deformidades ainda não absorvidas pela consciência. Antes de tudo, este livro é um ato de severa coragem. Estamos diante da confissão de um inquisidor que busca, envolto sob a perspectiva de que o sofrimento tenha um motivo justo, expiar-se de uma culpa que não lhe é conhecida. Querer o bem condenando à dor.

Roger Franchini[2]
São Paulo, agosto de 2015.

---

[2] Roger Franchini é escritor, autor dos romances policiais "Ponto Quarenta – A Polícia para Leigos", "Toupeira – A história do assalto ao Banco Central", "Richthofen – o Assassinato dos Pais de Suzane", "Amor Esquartejado" e "Matar Alguém".

O choro e o choro de Kátia

Kátia chegou chorando.

Com as mãos algemadas, tentava em vão esconder o rosto abaixando a cabeça. Mas era impossível não vê-la nem ouvi-la aos berros.

Antes mesmo de entrar na apertada sala de audiências, já chamava a atenção de todos. O choro ininterrupto e incontrolável que vinha de fora, quando ainda conversava com a defensora à beira da sala.

As paredes têm ouvidos, mais ainda com as portas abertas. E para um choro desse tamanho, então, sobram ouvidos para todos os lados.

Vivíamos momentos de tensão, na expectativa de que ela entrasse e na certeza de que traria consigo uma emoção que sempre rompe com a sisudez de uma audiência criminal.

Kátia tinha bons motivos para chorar.

Não bastasse o fato de estar presa, quando o processo ainda engatinhava, recebera contra si uma acusação de grande calibre. Quinze quilos de cocaína, armas, dinheiro, embalagens e balanças de precisão para a pesagem do entorpecente. Um estoque de drogas digno de um Complexo do Alemão. E Kátia, parda, pobre e triste, atônita pela acusação de ser a dona de tudo aquilo.

Ela não tinha dinheiro para contratar um advogado. Não tinha testemunhas a seu favor. Não tinha parentes ou amigos que pedissem ou zelassem por ela. E não tinha, sobretudo, cara de quem fosse responsável por aquela quantidade toda de droga.

Droga, deve ter pensado, enquanto chorava e chorava ao ouvir os policiais narrando as condições em que fora presa. Um adolescente teria dito que acabara de comprar droga dela, e os PMs ouvindo a indicação de onde ela encontrara o entorpecente.

Mas não houve quem confirmasse que ela tinha droga em seu poder quando foi presa. Ou que admitisse que aquela droga, escondida em um barraco duas quadras adiante, estaria na sua guarda.

As provas foram se fragilizando à vista de todos, mas ela não entendia o suficiente para parar de chorar.

Na segunda audiência, mais choro ao adentrar a sala. Ninguém mais para ser ouvido. O adolescente não foi encontrado, pois forneceu endereço falso. Era só Kátia. Quando chegou a sua vez de falar, ela simplesmente chorou. Chorou e chorou. Um choro tão sincero e comovido que quase lhe serviu de defesa.

Não sei se o choro era de indignação ou de medo. Se era de raiva ou de abandono. Mas enquanto ela chorava e a promotora e a defensora se entreolhavam, duvidando que aquela mulher frágil fosse responsável pela droga apreendida, as peças do quebra-cabeça iam lentamente se formando. E, verdade seja dita, não mostravam imagem alguma.

Ao final, ela conseguiu me dizer algumas poucas palavras desconexas que significavam mais do que pareciam: "macaca *noia*, você vai segurar tudo, você vai segurar tudo, macaca *noia*. Eu estou aqui, doutor. Segurando tudo."

Segurou tudo, menos o choro, que se rompeu com mais força depois do desabafo.

Quando as fumaças foram lentamente se dissipando, quando todos naquela sala chegavam à conclusão de que considerar Kátia a dona da droga era de uma improbabilidade atroz, quando o consenso de que ela dizia algo próximo à verdade foi se criando entre nós, em meio a sussurros e olhares compartilhados, eu encarei Kátia uma vez mais, antes de dar a sentença.

Fiz com uma ponta de culpa, por três meses de prisão sem sentido.

Fiz com uma ponta de orgulho. Quem sabe o que podia acontecer a ela em outro lugar, com outra defensora, outra promotora, outro juiz.

Fiz com a sensação de um dever a ser cumprido. E com a ansiedade de dizer logo a ela que aquela história acabava por aqui.

Eu a absolvi e mandei que ela fosse solta. Nem a acusação discordou.

Mas Kátia não respondeu a meus olhares, nem fez cara de agradecimento. Não sorriu, nem conseguiu dizer palavra alguma. Ao saber que seria solta, saiu da sala chorando compulsivamente da mesma forma como nela tinha entrado.

Passados os dias, eu não me recordo mais da cara, nem da voz de Kátia. Mas não tenho como esquecer o som do seu choro.

Seu choro nos tirou uma pesada cruz das costas. Mas o silêncio que deixou atrás de si era ainda mais incômodo.

Quem é que não teve vontade de chorar depois que ela saiu?

A surpresa de Maria José

– Amor, tenho uma surpresa para você.

Egídio se arrepiou ao ouvir a voz de sua mulher ao telefone. Não pelo que ela dizia. Mas a forma como falava. Havia nela uma estranha euforia, que destoava da angústia que a vinha cercando ultimamente. Mais ainda porque não pôde dissipar nem um pouco que fosse de sua desconfiança. Maria José desligou o telefone logo em seguida, sem que ele tivesse a chance de responder. Ou perguntar.

Ressabiado, Egídio ligou para ela algumas vezes em retorno, todas sem sucesso. Sinal de ocupado nos trinta minutos seguintes, tempo que levou para voltar à residência e tranquilizar pessoalmente os seus medos. Mas ele não sossegou, porque a resposta à campainha foi exatamente a mesma. Nenhuma.

A porta estava trancada, com o ferrolho que serve de tramela, o que só o faziam de noite, quando todos já estavam reunidos. Suas batidas foram em vão. Os gritos ecoaram no silêncio do corredor. Não ouvia qualquer sinal do outro lado da porta, mesmo pregando nela a orelha e uma mão a seu redor em forma de cone.

Não lhe restando outra alternativa, Egídio chamou a polícia.

Os PMs chegaram em quinze longos minutos, mas não demoraram mais do que dois para arrombar a porta a seu pedido.

Ninguém na sala e o quarto do casal trancado por dentro, o que a essa altura nem era propriamente uma surpresa.

Ao abrir a porta, os policiais se deparam com a cena que, no fundo, Egídio reproduzira em pensamento desde que desligou o telefone. Maria José está caída ao chão com uma arma em sua mão direita. Sinais de danos no guarda-roupa, um buraco na parede. Uma garrafa de vodca pela metade se equilibra fragilmente na lateral da cama.

Egídio se descontrola e grita, desesperado, sem saber o que fazer ou para onde olhar. Felizmente, os policiais têm mais sangue-frio para situações como essa, que fazem parte de seu tumultuado cotidiano. E os fantasmas mais tenebrosos se vão com o vento: Maria José está apenas desmaiada e não foi nem ferida no que parece ter sido uma tentativa frustrada de suicídio.

O coração disparado de Egídio, aos poucos, volta à quase normalidade e o medo da perda se esvai lentamente.

Superado o receio do pior, chega a hora do direito penal.

Os dois são levados ao hospital e, em sequência, à delegacia de polícia. Maria José, recuperada do trauma após ser medicada, é indiciada por posse ilegal de arma de fogo e disparo em local habitado. O bom senso do delegado impediu ao menos que ela fosse, como os demais nesta situação, presa em flagrante. Mas dispensar o inquérito, ele explica a Egídio, não será possível.

Poucas vezes me deparei com uma mulher tão triste e sentida, quanto Maria José ao chegar para seu interrogatório.

Inapetente para a defesa, não tentou se explicar ou fornecer qualquer tipo de justificativa. De cabeça baixa, com olhos que jamais encontravam os meus, apenas balbuciou:

– Eu não sei, doutor, o que deu em mim. Não sei.

Egídio tampouco entendera. Disse-me que tinha uma arma em casa e que a guardava a sete chaves, inclusive porque Maria José sempre teve medo de mexer nela. Quando o via limpar, ainda que descarregada, se afligia. Mas a arma que Maria José manipula agora é um revólver calibre 38, adquirido, sabe-se lá de quem, nas quebradas do bairro onde residem.

Esta era a surpresa que Maria José tinha para ele.

Na ânsia de tomar alguma providência, qualquer que fosse, mas reconhecendo na ré mais o figurino de vítima, fiz questão que ela trouxesse na audiência seguinte as receitas de seus medicamentos e comprovasse o acompanhamento médico à depressão. O advogado abriu, na frente de todos nós, cada uma das caixas para indicar os comprimidos já tomados desde a última consulta.

Nesta segunda audiência, o clima era de consternação, mais do que constrangimento.

Os filhos crescidos se mostravam culpados pela contínua ausência. Egídio buscava a explicação na solidão, enquanto todos saíam para trabalhar. Parece que finalmente, depois do choque, a família reconhecia a importância de acompanhar Maria José e não a reduzia ao mau humor de uma dona de casa estressada.

Ela comprara uma arma de forma ilegal e disparara por três vezes no interior de seu apartamento, em um prédio habitado. Que pena seria justa para tutelar a paz pública, como exige a lei, sem aprofundar sua desgraça íntima?

A acusação se bateu pela condenação, com unhas e dentes.

"Ela é um perigo para a sociedade e mais ainda para si mesma", me dizia, inflamada, a promotora. "Deve ser condenada para que tenha noção do erro que cometeu. Se deixar passar em branco, vai se achar no direito de sair por aí comprando armas e disparando onde bem entender. Se você não quer prender", e ela tinha certeza que eu não queria, "fixe trabalhos comunitários, ou na pior das hipóteses, faça um exame, constate a doença mental e a interne. "

Diversamente de tantos outros processos, neste não tive qualquer dúvida. Não fui visitado pela sombra da hesitação nem dei espaço para pensar nas alternativas da promotoria. Concluí que o susto e a vergonha haviam sido suficientes como punição. Segui o espírito da própria lei, considerando que punir a tentativa de suicídio não é uma política hábil para evitar sua repetição.

Eu a absolvi, enfim. E os desembargadores que julgaram o indignado apelo da promotoria também.

Seus problemas estavam além, muito além do direito penal. É dolorido, mas necessário reconhecer, em certas situações, a impotência da Justiça.

Eu torci desesperadamente para estar certo e para que Maria José conseguisse, por si só, reconstruir os fios esgarçados de sua vida.

Mas a punição para o juiz é jamais saber se isso aconteceu.

A sombra dos dentes

Dona Matilde entrou na sala sorridente. Nem tanto pela audiência, suponho. Mas porque trazia a tiracolo seu filho recém-formado. Ela pediu licença para que ele pudesse acompanhá-la. Mas não fez isso porque era necessário. Fez porque queria nos apresentar o novo doutor.

– É meu filho, excelência. Advogado. Ele pode assistir?

Ela era um orgulho só. Ser ouvida como testemunha em uma audiência criminal não é nenhum grande acontecimento, digno de nota, ou de júbilo. Mas ver o filho na sala do juiz, terno, gravata e olhar sério e atento, já quase como um advogado, era muita coisa para ela.

Ao vê-la, apenas sorri. Sei que minha mãe faria o mesmo.

Dona Matilde foi calma e precisa – a presença de um advogado era absolutamente desnecessária. Não teve pressa, tampouco inibição. Narrou com detalhes a situação constrangedora a que fora submetida um mês e meio antes. Ameaçada com uma arma, ou o que lhe pareceu ser uma, foi levada refém por três rapazes dentro de seu próprio carro, encolhida entre os bancos. Forneceu a senha. O cartão do banco, eles lhe tiraram à força. Depois de quase uma hora, sem conseguir visualizar seu destino ou as paradas que eles fizeram no caminho, recebe a última ordem: "fique aí quietinha, dentro do carro, madame, que estamos de *butuca*". O assalto a seu lado, sentado, levanta-se do banco, abre e fecha a porta do carro e, brandindo a arma, repete: "já voltamos, se gritar, morreu, já foi."

Dona Matilde ouve com medo e presta atenção na boca que se mexe produzindo essas palavras rudes que, de tão ameaçadoras, atende sem pestanejar. E lá fica por quase outra hora. Após um silêncio prolongado, levantou-se aos poucos. Ergueu as costas que já lhe doem e quase não suporta o corpo frágil. Tentou, enfim, reconhecer onde está. Um conjunto habitacional na periferia. Uma perua estacionada na frente de seu carro, com portas abertas. Pessoas que correm de um lado a outro. Ninguém parece prestar atenção nela. Aos poucos se recompõe, quando chega a polícia. Com medo de que os ladrões ainda estejam por perto, com medo que eles a vejam falando com os PMs, com medo de um tiroteio, enfim, fica estática e sem voz, quando lhe perguntam o que aconteceu.

Com o tempo, recobra o juízo e conta. Provavelmente, sem a mesma tranquilidade com que narrou os fatos para mim. Tamanha foi a precisão de seu relato na audiência, que quase não foram necessárias outras perguntas e nos dirigimos, então, para o reconhecimento.

O réu foi colocado numa sala e nós, eu, o promotor, o advogado de defesa e a vítima, ficamos em outra, separados por uma janela de vidro duplo de transparências distintas. Nossa sala fica totalmente escura. A outra, de luzes acesas. Assim podemos ver com clareza quem está diante de nós.

Ele, o réu, vê apenas a sua própria imagem no vidro que se faz espelho. Isso, em geral, é suficiente para aplacar o receio das vítimas mais temerosas. No caso de Dona Matilde, uma deferência a mais. Permito que seu filho advogado possa assistir o ato a seu lado.

Dona Matilde olhou para a pessoa que estava à sua frente,

de forma pensativa. Franziu os olhos, se aproximou do vidro e suspirou por mais de uma vez.

– Doutor, parece ele sim. Altura, cor da pele, tipo físico. Mas, sabe, eu queria ter certeza...

– Se a senhora não tem certeza...

Ela retorna e olha de novo.

– Tem uma coisa que eu me lembro muito bem, doutor. Da sua boca. Sabe, eu olhei muito para ela, na posição que eu estava. Os dentes, doutor...

Mais um minuto de silêncio e contemplação e ela prossegue:

– Eu percebi, doutor, que ele tinha uma dentição diferente, não sei... Estranha, escura. Parecia podre.

Diante da dúvida inicial de dona Matilde, eu já estava prestes a abrir a porta e voltar para nossa sala, com todo mundo. Fazer constar que ela não havia reconhecido o réu e retomar a audiência do ponto em que havíamos parado.

Mas ao insistir em falar na dentição do réu, ela o fez com um olhar suplicante. Estava insatisfeita com sua própria hesitação. Eu acedi. Fiz com que a escrevente fosse à outra sala para pedir que o réu abrisse a boca. Pelo sim, pelo não, era possível afastar pelo menos essa dúvida.

Mas quando ele abriu a boca, não restaram dúvidas. Até eu o reconheci.

Um arrepio percorreu meu corpo e dona Matilde simplesmente desabou. Ninguém é obrigado a produzir prova contra si mesmo. Ele podia ter se negado, mas não o fez. Ao contrário, abriu os lábios com tamanho vigor, arreganhando os dentes de uma forma para lá de assustadora.

Os dentes estavam realmente podres, como dona Matilde descrevera, mas naquele exato momento só pareciam mesmo afiados.

Enquanto dona Matilde era segura nos braços, de forma trôpega pelo filho, balbuciou palavras que nos afligiram ainda mais. Anos depois, devo admitir que um ou outro detalhe certamente me escapou e a situação pode não ter sido exatamente como lhes conto. A memória é sempre traiçoeira e não raro somos tentados a cobrir os espaços vazios com nossas próprias lembranças ou impressões. Mas o que ela nos disse no interior da sala escura, não foi possível esquecer. Nem uma só palavra:

– Esses dentes, doutor. São estes, meu Deus do céu. Eu sonho com eles todas as noites. Nem um dia sequer consegui tirá-los da minha cabeça.

Do fundo da alma, agradeci que dona Matilde tivesse trazido seu filho advogado. Mais do que a força de segurar sua mãe com mãos trêmulas, foi sua presença, ali ao lado, conhecida e carinhosa, que fez dona Matilde lentamente se acalmar. Eles se abraçaram e o filho a trouxe de volta à sala de audiências, segurando em sua mão, enquanto dizia, ao pé do ouvido, palavras provavelmente reconfortantes.

Eu nunca entendi muito bem porque o réu se entregou daquela forma. Desespero, frustração, abandono, raiva, culpa. Indiferença, quem sabe, ou resignação quanto ao futuro.

Mas na escuridão da sala de reconhecimento, diante de outros réus e de outras vítimas, confesso que a sombra dos dentes ainda me aturde.

Em certos momentos, imagino que o réu abrirá sua boca, arreganhando seus dentes quando a gente menos espera. Em outros, monitoro as vítimas com o canto do olho e as mantenho a curta distância, na espreita de alguém que desabe.

O bilheteiro fanho do cinema gay

Da última vez, tinha sido com dona Yoko. Eu estava desatento, aproveitando cada instante dos pequenos intervalos entre as audiências para olhar processos ou assinar ofícios. Só depois que a escrevente havia colocado todas as partes sentadas, foi que peguei a pauta para conferir o nome da primeira testemunha.

– Então... Dona... Dona... Yoko... Okada.

E não consegui segurar o riso. Saiu uma gargalhada daquelas tão involuntárias quanto incontroláveis. Dona Yoko levou na esportiva. Como admitiu, resignada, estava acostumada às gozações que as armadilhas da cacofonia lhe preparavam. Mas para mim, rir de uma testemunha na frente de todos era um daqueles micos que mais temia pagar em uma audiência.

A memória do vexame e o aprendizado do autocontrole foram me poupando, com o tempo, de situações assim constrangedoras.

Mas quando o bilheteiro fanho do cinema gay começou a falar, anos depois, percebi que todo meu esforço fora inútil. Duas décadas de experiência, técnicas de respiração, atenção redobrada ao processo no momento mais crítico. Nada disso funcionou diante daquela voz extraordinariamente anasalada que nos pegou de surpresa logo na primeira resposta.

Respeito, consideração às diferenças, seriedade e profissionalismo. Tudo ruiu em menos de um minuto depois do grunhido quase ininteligível que a testemunha soltou na sala.

E quanto mais eu olhava para os outros na mesa, na vã expectativa de me acalmar, mais diminuía a concentração.

Foi um pouco por isso: a consciência pesada de perder as estribeiras, rindo do defeito alheio como um aluno de colégio, que me impediu de censurar o próprio bilheteiro cada vez que ele se referia, da forma mais espontânea e ao mesmo tempo vulgar, à vítima do roubo que havia testemunhado em seu cinema:

— Foi aí, então, que o viado entrou no banheiro... e depois que o viado entrou, foi lá o ladrão atrás dele, do viado... e quando o rapaz saiu, o viado ainda ficou...

Na quarta ou quinta vez, quando a coisa já começava a se transformar em constrangimento, o bilheteiro, sagaz, emendou em seu próprio benefício:

— Viado é modo de dizer, né doutor? — Autorizando que todos ríssemos sem culpa.

A essa altura, ele já se sentia o dono do processo, o centro das atenções.

Na berlinda, um envergonhado comerciante paranaense que fora preso instantes depois de fugir do cinema e encontrado a uma quadra de distância, na posse da arma de fogo.

O único cubículo fechado do banheiro masculino foi o local do crime.

Iludida, a vítima viu a promessa de um prazer efêmero e reservado se transformar em confusão e violência. Quando o réu lhe mostrou a pistola, não era nenhuma metáfora. Era uma ordem para que entregasse seu relógio, seu celular e sua carteira.

A vítima mostrou, então, que ser homossexual não resultava em nenhuma fraqueza. Desviou corajosamente a arma dando um golpe na mão do agressor e gritou por socorro. Foi nesse momento que o bilheteiro ouviu o disparo e ganhou o corredor, ainda a tempo de ver o réu, assustado com a reação, fugindo para a rua.

– É esse mesmo, doutor. Eu tenho certeza total – disse o bilheteiro com ar triunfante, na sessão de reconhecimento. E quando caminhávamos de volta à sala de audiências, convicto do dever cumprido, ele fez questão de acrescentar que o seu cinema era, ao invés do que podia parecer à primeira vista, um lugar muitíssimo bem frequentado.

– Tem polícia que vai lá, doutor... Delegado e tudo.... Até promotor aparece.

E antes que eu tivesse chance de estancar a fanfarronice de suas inconfidências, arrematou rapidamente com ar matreiro:

– Juiz não. Juiz eu nunca vi...

Atitude Suspeita

Uma coisa que eu sempre tive curiosidade de entender é a "atitude suspeita", o que leva policiais em patrulhamento a abordar certas pessoas e não outras.

Quando ouvimos os relatos no Fórum, temos a nítida impressão de que eles sempre acertam – afinal, se virou um processo, a atitude era mesmo suspeita.

Não levamos em conta, lógico, todo aquele contingente de pessoas vigiadas, abordadas, revistadas que não resultam em prisão nem em processo.

Muitas vezes eu pergunto aos policiais: mas qual era a atitude suspeita?

As respostas são as mais diversas e até contraditórias.

O sujeito estava andando em uma direção e passou a andar em outra. Ele estava parado e, então, começou a andar, ao ver a viatura. Quando nós passamos, ficou completamente parado e não saiu do lugar.

A reação facial também é determinante da suspeita: seus olhos mostravam nervosismo quando nos viu. Ele abaixou a cabeça quando olhamos para ele. Fingiu que não era com ele e continuou olhando para outro lado. O rapaz me encarou de frente, doutor. E por aí vai.

O medo parece ser o principal combustível da suspeita, segundo o tão comentado "tirocínio policial". Mas será que, em certas situações, o medo não é provocado pelo próprio tirocínio?

Marcos Roberto não foi abordado por um policial. Mas por um agente de segurança ferroviário. Algo como um 'policial' da companhia de trens. Talvez sem o mesmo tirocínio. Talvez exatamente com ele.

Foi no mesmo contexto em que Suzana, uma mulher de trinta, se tanto, foi encontrada com uma porção de cocaína do tamanho de uma bola de tênis dentro de sua bolsa. Eu não consegui saber se Suzana e Marcos se conheciam. Os agentes ferroviários também não. Suzana entrou em um vagão de trem. Os agentes entraram atrás. Antes que o trem partisse, ela mudou de vagão, despertando a suspeita dos seguranças e disparando o alarme do tirocínio. Na estação seguinte, os agentes mudam de vagão e encontram Suzana sentada. Encaram-na e recebem como resposta um abaixar de olhos. O comportamento estranho de trocar de vagão, o medo no olhar e pronto, a decisão de abordá-la estava tomada. Na revista da bolsa, bingo, a droga, que ela afirmava portar para uso pessoal.

Mas o leitor pode estar se perguntando a essa altura: e Marcos Roberto, o que tem a ver com isso? Foi exatamente o que eu perguntei.

Marcos não estava conversando com Suzana. Não estavam sentados juntos. Não estavam se olhando, enquanto o trem andava.

Abordado com os olhos, Marcos Roberto não abaixou a cabeça. Encarou os agentes, assim, como quem não tem medo nem nada a dever.

Por que, então, a atenção dos seguranças?

– Bom, doutor, começou um dos agentes, ele era... negro, né? Diante do olhar estupefato de todos nós e depois de um constrangedor minuto de silêncio, o segurança emendou com explicações desencontradas:

— Estava no vagão, estava meio próximo dela assim, o senhor sabe como é, pareceu intranquilo, olha, doutor, mesmo se fosse branco...

O outro agente, mais discreto ou mais precavido quem sabe, disse que o que chamou mesmo a atenção da segurança foi o fato dele estar... suando.

Marcos Roberto foi abordado, revistado e, depois de descoberto que já tinha sido réu em processos criminais, encaminhado à delegacia, de onde foi finalmente liberado.

Até uma próxima abordagem, quando continue despertando "suspeitas".

Sovina

Pretos, pobres e prostitutas. Costuma-se dizer que os três Ps são os clientes preferenciais da justiça penal no Brasil.

Confesso que passei uma tarde assistindo a audiências no *Criminal Courts Building* em Nova York e a situação não me pareceu muito diferente por lá. Só vi negros e latinos sentados no banco dos réus.

Não vai aí nenhuma desonestidade atávica de classe ou racial. Tudo isso tem muito mais a ver com as prioridades da lei e a ordem que se escolhe defender, como se aprende um pouco na escola, e outro tanto no dia a dia.

A propriedade é, sem dúvida alguma, a pedra de toque da tutela penal, e é mais protegida do que a liberdade, a saúde e, em muitos casos, do que a própria vida. E sobre a fiscalização da polícia, difícil dizer que se distribua igualmente pela população. Marcos Roberto, que acabamos de conhecer, pôde sentir na pele o tamanho de sua atitude suspeita...

A forma como cada juiz criminal encara e lida com essa pouca neutralidade do sistema muitas vezes define o padrão de comportamento: mais rigoroso ou, como se costuma dizer, mais liberal. As interpretações da lei dificilmente são separadas do juízo que fazemos dela.

Mas o certo é que todos nós nos acostumamos, uns mais

outros menos, a lidar com um público preponderantemente carente e isso tem lá suas consequências.

Poucos dos nossos acusados chegaram a completar o ensino fundamental. Falam mal e compreendem menos ainda. Sem paciência, a comunicação é sempre difícil. Quando pergunto a um réu se ele entendeu o que eu disse, nove entre dez respondem "entendeu", sem que isso signifique muito mais do que um erro de concordância.

Presos são sempre trazidos aos fóruns com o uniforme da penitenciária e os indefectíveis chinelos de dedo. Mas, se soltos, não lhes é permitido chegar às audiências de forma tão precária. Existe toda uma patrulha do pudor que impede o ingresso nos fóruns de chinelos, bermudas e outros adereços assim casuais, reputados como "desrespeitosos".

Eu me lembro de um réu que passou a audiência toda com a mão no peito, o que me afligia enormemente. Ao final, indaguei a ele se estava com algum incômodo e se não era o caso, então, de fazer uma consulta no serviço médico. Ele me disse que estava se sentindo muito bem e respondeu coberto de vergonha:

– Minha camisa falta dois botões, doutor, sua secretária disse que não podia entrar com ela aberta.

Um mecânico, vindo direto do trabalho, recusou-se terminantemente a sentar na cadeira da sala de audiências, porque estava sujo de graxa e tinha medo de ser responsabilizado por estragá-la. Só concordou depois que a cobrimos de papel, e assim mesmo um tanto quanto ressabiado.

Mas as piores dificuldades são aquelas que nem sequer conhecemos. A mais cruel é o réu que se ausenta de uma audiência, que muitas vezes provoca até sua prisão, por falta de dinheiro para ir ao Fórum. Quem vai nos dizer isso?

Fui apresentado ao problema por Orlando.

Um réu acabrunhado que negava o furto que lhe era imputado com uma dificuldade enorme de comunicação. Narrava como fora "abortado" pela polícia, levado à delegacia só porque tinha "passagens" e clamava de forma meio tosca pela inocência, implorando, enfim, para não ser condenado.

Após o encerramento da audiência, ele já estava na porta da sala, quando resolveu retornar. Olhou para nós por alguns momentos sem nada dizer, como se avaliasse a conveniência de sua pretensão, mas acabou soltando, sem jeito, seu pedido em forma de cobrança:

– E o dinheiro que me prometeram?

Eu não conseguia entender a que exatamente ele se referia, já que estava ali para responder a um processo, não para exigir qualquer crédito. Na situação em que veio, o máximo que podia querer era mesmo sair de mãos abanando, sem algemas.

Diante da incompreensão, demonstrada pela persistência do nosso silêncio, ele não teve outra alternativa senão se explicar:

– O moço que me chamou para essa audiência. Eu disse a ele que estava sem dinheiro pra vir. Ele me deu a passagem de ida e falou que eu ia receber aqui a passagem de volta.

Foi só nesse momento que eu soube da prática discreta do solidário oficial de justiça, que era quem primeiro tinha contato com réus e testemunhas. Intimando-os em seu próprio habitat, ele devia ter condições de saber que aquilo não era apenas uma desculpa. Só achei estranho que não nos tivesse preparado para essa inusitada situação.

Eu perguntei ao réu quanto precisava para a condução, tirei uma nota de cinco reais e lhe entreguei. Ele ficou meio sem jeito de recebê-la diretamente de mim, mas agradeceu e se foi, para esperar em casa a sentença que viria em duas semanas.

O assunto foi o comentário do dia entre os funcionários,

que se dividiram em um misto de respeito e pilhéria pelo oficial e mais ainda por mim.

Só no dia seguinte, o auxiliar judiciário, que tem mesa na porta da sala de audiências, percebeu que no fundo de sua gaveta havia um pequeno envelope com o nome do réu. Ele veio me trazer correndo e contou, displicentemente, que talvez tenha sido o oficial quem deixara, mas não lembrava muito bem.

Quando abri o envelope, estava lá uma nota de dez reais para ser entregue ao réu.

Fiquei com fama de sovina.

Pernas curtas

Eu podia esperar que qualquer outra pessoa naquele dia viesse a mentir. Menos o Olavo.

Não, ele não tinha razões para isso. Ou, pelo menos, eu não as conhecia.

Tinha saído do evento quase como um herói e supus que estivesse no Fórum também para receber os louros de sua ação. A prisão e o processo jamais teriam ocorrido se não fosse por ele.

Mas quando o depoimento começou tudo saiu o avesso do avesso do avesso, mostrando que mesmo anos de experiência não são capazes de eliminar a caixinha de surpresas em que pode se transformar cada audiência.

Segundo a denúncia, e os relatos do inquérito policial que a acompanhavam, Olavo estava chegando a seu veículo estacionado na rua, quando um ônibus de turismo o abalroou ligeiramente, durante uma manobra malfeita.

Olavo tentou gritar para chamar a atenção do motorista, mas não foi ouvido. Depois da batida, foi tirar satisfações, assim que o ônibus estacionou.

O motorista desceu do veículo e logo foi abordado por Olavo. Ouviu cobras e lagartos, mas nem se preocupou em respondê-las. Abriu a porta do ônibus, deu as costas a um Olavo cada vez mais enfurecido e, quando retornou, *pimba*, estava com uma arma na mão.

O final feliz foi Olavo quem proporcionou. Ele desarmou o motorista, tirou a munição da arma e chamou a polícia, que prendeu o sujeito por porte ilegal.

Ou não?

– Olha doutor, para ser sincero, eu não posso lhe dizer que ele estava armado.

Diante da apreensão da arma e da informação da polícia de que Olavo a teria chamado, a afirmação da testemunha causou espanto.

Novamente indagado, Olavo tergiversou, uma técnica muito empregada por quem faz pequenos desvios na verdade.

– Quer dizer, teve uma arma que caiu, mas naquela confusão toda, com tanta gente, não dava para saber se estava com ele.

Tentei mais uma vez e o resultado foi ainda pior.

– Pegar a arma eu não peguei não. Aliás, só a vi de longe, acho que era arma, mas nem posso dizer com certeza.

O promotor estava ficando visivelmente contrariado. A versão de Olavo não fazia muito sentido e ainda fulminava totalmente a prova da acusação.

– Mas não foi o senhor mesmo que chamou a polícia?

A cada pergunta, Olavo parava um pouco, respirava lentamente e só então continuava:

– Chamei, doutor, mas foi só para que ele não fosse agredido pela multidão.

Mas por que ele seria agredido pela multidão?

– Ah, doutor, isso o senhor não me pergunte, não.

Eu não perguntei. Mas o promotor continuou perguntando.

– O senhor foi discutir com ele e ele fez o que?

Nova pausa, nova lenta respiração, nova continuação.

– Subiu no ônibus. E quando desceu, com medo de que ele pudesse estar armado, eu já o abracei por trás.

E então, por fim, os olhos do promotor se deitaram sobre a testemunha, esperando ansiosamente a continuação que o redimiria.

– Ah, depois eu não vi nada mais não.

Olavo gaguejava e tremia e suava de tão nervoso.

Imprudentes ou arrogantes, os mentirosos raramente percebiam quando a gente os percebia. E se esqueciam por completo que, tal como outros profissionais treinados pela experiência, como caixas de banco no manuseio veloz das notas, os juízes não tinham assim tanta dificuldade de identificá-los.

Eu me senti na obrigação de explicar de novo o que significava o compromisso de dizer a verdade e quais poderiam ser as consequências. Olavo estava trafegando por um caminho sinuoso, mas tão logo eu o adverti, ele se endireitou na cadeira, enrijeceu o corpo, engrossou a voz e acrescentou ultrajado:

– Eu só digo a verdade, doutor.

Então, respondi, estou satisfeito.

Imprimimos sua versão e a escrevente deu-lhe o termo para que ele o assinasse.

Mas o ato falho falou mais alto:

– Eu assino aonde, doutor. Onde está escrito réu?

O promotor sacou mais rápido do que eu.

– Hoje é como testemunha, meu senhor, mas amanhã....

Olavo baixou a cabeça e a mergulhou novamente no papel. Pegou-o na mão, colocou de volta na mesa, suspendeu a caneta. E quando parecia, enfim, que ia assiná-lo, indagou:

– O senhor está querendo dizer que eu posso virar réu por causa disso?

O promotor só lhe respondeu com o arregalar de olhos e o menear da cabeça. Eu nem isso, pois o havia advertido nos mínimos detalhes minutos antes, quando ele me respondeu de forma ríspida. Na hora de formalizar o depoimento, no entanto, aquela coragem toda se esvaía. Foram pelo menos dois minutos de tensão, suspense no ar, até que Olavo jogou a toalha. E a caneta.

– Olha, doutor, eu não quero ser processado por isso aí, não. É tudo verdade o que está escrito. Ele me mostrou a arma e eu o desarmei. Dei um soco na cara dele. Depois que ele caiu no chão, eu joguei fora as balas e chamei a polícia. Pronto. Desabafou.

Quase meia hora jogada no lixo, para chegar à versão que ele custou tanto a admitir. Afinal, se retratou a tempo de evitar qualquer tipo de processo ou punição.

Mas o sentimento de derrota que exibiu ao entregar os pontos despertou uma certa compaixão.

– Desculpe, doutor - ele me olhava envergonhado - mas eu tive medo que ele fosse preso e perdesse o emprego. Comigo, já está tudo resolvido, a gente se acertou, mas... - virando-se para o réu, ensaiou ainda outro pedido de desculpas, ao abrir os braços - Mas eu também não posso me prejudicar, né companheiro?

O motorista não respondeu e se pudesse também teria se escondido debaixo da mesa. Foi réu confesso e, sendo primário, saiu-se com uma condenação a serviços comunitários que achou de bom tamanho. Nem quis discutir a sentença.

A tarde era mesmo de Olavo.

Antes que ele se fosse, sugeri que passasse no ambulatório para checar sua pressão, com um suadouro e uma taquicardia que transpareciam a olhos nus.

Mas tudo que ele queria fazer naquele momento era sair dali o quanto antes. A mentira pode ter pernas curtas. Mas Olavo usou as suas com muita disposição, depois que eu o liberei.

Os olhos da morte

Poucas vezes vi a morte de perto dentro de uma sala de audiências.

É verdade que dois réus, de varas vizinhas, chegaram a se projetar para a janela, no desespero de uma situação da qual não conseguiam escapar. E isto ainda no Palácio Mauá, imponente e alto edifício no centro velho de São Paulo. Para além de suas janelas, nenhuma salvação à vista.

Um deles tentou a fuga ao vazio depois de ouvir o juiz decretar a prisão preventiva. Corre-corre frenético, notícia rapidamente se espalhando pelos corredores e o batimento cardíaco do Fórum Criminal se acelerando até não mais poder. Ao chegar ao local, ouvi o juiz, aos gritos, acalmando o réu, salvo pela ação de um diligente policial militar: "Fica sentado aí, que eu não vou mais te prender".

Mas nada me marcou mais do que a morte que eu não vi. Ou melhor, só vi pelos olhos do réu.

Luiz Felipe estava preso, mas por um outro processo. Na minha vara, respondia a um delito de furto, sem maior gravidade. No sistema da lei que então vigorava, a audiência era apenas para seu interrogatório. Dez minutos, se tanto.

Eu já tinha feito quase todas as perguntas principais, mas ainda faltava ditar as respostas dele no termo.

A auxiliar judiciária, que fazia a qualificação das testemunhas do lado de fora, entrou abruptamente na sala. Ficou sem jeito de interromper a audiência, mas por sua cara de susto, tanto eu quanto a escrevente que me acompanhava percebemos que havia algum bom motivo.

A escrevente interrompeu a datilografia e se levantou. Foi até a entrada da sala. A auxiliar cochichou com ela algo que eu não pude ouvir. Mas a escrevente voltou, se aproximou, e também cochichou comigo:

– Doutor, é a mãe do réu.

Os familiares ficavam no saguão do andar ou nos corredores dos cartórios, antes da entrada para as salas de audiência. Conseguiam, quando muito, um rápido olhar para o preso, no momento em que a escolta saía do elevador em direção à audiência. Era o que bastava para que pudessem ver se o filho, o pai, o marido, estava vivo e em bom estado. Ocasionalmente, quando a sorte lhes sorria, escapavam à censura dos policiais, que recomendavam cabeça baixa para todos os réus, e conseguiam até trocar um olhar, mínimo fragmento de carinho. A mãe de Luiz Felipe estava nessa condição.

Perto da entrada do corredor da sala de audiências, ela não se apresentou a ninguém ao chegar e ali ficou apenas para ver seu filho passar à sua frente, de cabeça baixa.

Não sei se foi o filho algemado olhando para seus próprios pés. Se foi o medo do que mais podia acontecer a ele. Mas a minha auxiliar disse que ela parecia sem ar, com a mão no peito e os olhos arregalados, antes de se arrebentar no chão frio do oitavo andar do Fórum, enquanto Luiz Felipe era interrogado por mim.

Dentro da sala, nada percebemos. Ouvíamos, concentrados, o réu contar a sua versão para a acusação que lhe foi imposta.

Não lembro do que ele me disse em sua defesa. Se confessou, se negou ou se alegou algo que o isentasse de culpa. Mas lembro da cara de pânico da minha auxiliar e a palidez da escrevente que, forçadamente serena, me inteirou dos fatos aos sussurros, para que o réu nada percebesse:

– Acho que ela teve um ataque cardíaco, doutor. Foi levada às pressas para a enfermaria.

A enfermaria ficava em algum andar alto do Fórum. Décimo quinto, décimo sexto, por aí. Para chegar mais rápido, policiais da escolta a levaram pelo elevador privativo, que juízes e promotores usavam de manhã e os presos à tarde. Não sei o quanto eles demoraram para chegar. Não sei que aparelhos havia na tal enfermaria. Não vivíamos a época em que desfibriladores se tornaram tão comuns. Não tenho ideia do que uma sala mais aparelhada podia ter feito por ela. Fato é que não demorou mais do que dez minutos para que a notícia do fracasso do atendimento batesse de volta à nossa porta.

Estávamos finalizando as perguntas de praxe, justamente sobre a família do réu e suas oportunidades, quando a informação chega por completo e quase sem som. A auxiliar balança a cara, de um lado a outro, em sinal de negativo e a apreensão toma conta de todos. Até o réu, que não prestara atenção na entrada dela da outra vez, começa a estranhar.

A única coisa que consigo pensar é em pedir à escolta que leve Luiz Felipe até a enfermaria e quinze minutos depois, com um constrangimento que não cabe em mim, fazê-lo sentar-se novamente na sala, para assinar seu interrogatório.

Ele não disse mais nada. Não gritou, não reclamou. Não chorou e parecia estar tão atônito com a situação que não podia compreendê-la.

Nas garras da justiça, sob a tutela constante de policiais

armados, no fétido e lúgubre sistema penitenciário, é ele quem devia estar correndo risco de vida.

Acho que uma mescla de surpresa, tristeza e culpa o fez ficar calado. Ele assinou o termo de audiência e me olhou nos olhos, como se quisesse dizer algo que absolutamente não sabia, antes de ser levado de volta à sua cruel rotina.

Seu olhar perdido, estagnado, como quem mira algo que não tem capacidade de enxergar, me marcou profundamente.

Foi nos seus olhos que eu vi a morte.

Ver para crer

Se é verdade que uma imagem vale mais do que mil palavras, o que dizer, então, de mil imagens? Uma das mais impressionantes provas visuais com que tive contato foi produzida pelo próprio réu. Não para sua defesa, obviamente, mas para seu deleite, um daqueles feitiços que acabam por se virar contra o feiticeiro.

Horas de gravações com adolescentes dopados submetidos a violências sexuais foram encontradas pela polícia. Convertidas pela perícia em mais de um milhar de fotografias, rechearam cinco volumes do processo e destruíram a tradicional clandestinidade deste tipo de crime.

A disseminação das câmaras digitais e outros aparatos tecnológicos vêm produzindo uma lenta e gradual transformação na prova penal.

Quando comecei na carreira, a polícia não tinha recursos nem para tirar uma foto do local do fato ou mesmo do indiciado para juntar ao processo. Nos acidentes de trânsito, em grande parte intraduzíveis por palavras, os peritos produziam um desenho à mão para ilustrar a "dinâmica dos acontecimentos".

A primeira geração das câmaras de monitoramento, instituídas em condomínios ou lojas, também causou enorme frustração a quem participava das investigações. As imagens eram de baixíssima qualidade, péssima nitidez e em muitos casos, por economia, as câmaras nem mesmo gravavam.

Com uma investigação quase sempre mais acurada, além da busca de imagens aptas a sensibilizar jurados, os processos do tribunal de júri tinham a marca de produzir visões fortes, principalmente as fotos dos corpos das vítimas.

Em um dos processos, descobri a forte resistência dos ossos humanos, que haviam entortado nada menos do que um espeto de churrasco fincado no peito da vítima. A ânsia de matar era tamanha que o assassino, então, buscou outro espeto para fugir dos obstáculos do corpo e terminar o seu serviço. Pouco impressionante ainda se comparado com o resultado de um homicídio cuja arma empregada contra a cabeça da vítima tinha sido um botijão de gás. Cheio.

Mas para mim, a imagem mais impactante foi justamente aquela que eu não vi.

A vítima era uma senhora idosa, moradora de um condomínio de classe média baixa.

O réu, namorado de sua vizinha, que se oferecera para negociar um aparelho de telefone.

Se ele já tinha premeditado o crime ou resolveu praticá-lo quando estava no apartamento da vítima não se soube. O certo é que em dado momento da conversa, que desandou para uma discussão, ele a agrediu com um soco e usou a fiação do próprio aparelho de telefone para amarrar suas mãos. Enquanto ele buscava pertences no apartamento, a senhora gritava com força pedindo socorro.

O policial militar, que foi o primeiro a chegar no local, não teve meias palavras para descrever a imagem que lhe arrebatou:

– Parecia um filme de terror, doutor. Se eu não tivesse visto, jamais teria acreditado.

O juiz nem sempre pode ser como São Tomé. Para todos os efeitos, o policial havia sido meus olhos no local do crime e a transmissão que fez foi tão fidedigna, que acabei acreditando sem ver.

O réu já não estava mais no prédio e só com a reconstrução dos fatos foi possível saber de quem se tratava, prendê-lo e ouvir sua pálida e inconsistente negativa. Afinal, ele podia dizer qualquer coisa sobre o negócio frustrado, as discussões com a senhora e a irritação recíproca. Mas jamais acusá-la de inventar um crime só para prejudicá-lo. O relato do PM afastou todas as dúvidas:

– Ela estava sentada numa cadeira, inerte, boca aberta e olhos arregalados. E uma faca cravada na sua garganta...

Foi impossível não imaginar a cena e não se afligir com ela. Engoli em seco, instintivamente. Atônito, questionei o policial algumas vezes para conferir se havia entendido certo e sim, a faca estava lá, ainda pendurada, com o cabo pendente para fora. Desta forma, aliás, que a vítima foi levada para o pronto-socorro, na expectativa de se salvar uma vida absolutamente improvável.

Mais improvável ainda foi o resultado da diligência.

A faca não atingiu nenhum órgão vital e, após sua cuidadosa remoção pelos médicos, não deixou na vítima qualquer sequela, considerando-se o episódio apenas como uma lesão leve.

A foto da lâmina manchada de sangue foi anexada ao processo para impedir que esquecêssemos daquela aflição.

A sorte definitivamente sorriu para aquela senhora, que não ficou mais no local para repetir a aposta. Mudou-se de cidade imediatamente após sair do hospital e foi sincera e comovente no depoimento que prestou por carta precatória:

– Tudo o que eu pensei é que já tinha morrido.

O local do crime

Construído originalmente para ser um hospital, o prédio de apenas três andares, mas de uma extensão monumental à beira da Marginal Tietê, transformou-se no meio do caminho no maior complexo judiciário da América Latina. Foram-se as tubulações de oxigênio das paredes, já instaladas no começo da obra, e no imenso espaço de seus inúmeros metros quadrados, forjaram-se salas e celas. O ex-quase-futuro prédio da Santa Casa de Misericórdia virou o Fórum Criminal da Barra Funda. E de nenhuma misericórdia.

A seu lado, veio se juntar, anos depois, o afamado prédio da Justiça do Trabalho, notabilizado menos por sua arquitetura moderna e arrojada, do que pelos escândalos de sua construção. Juntos, os dois edifícios vitaminaram a remodelação daquele antigo bairro industrial. Grandes galpões deram espaço a prédios de escritórios para abrigar especialmente advogados. E novos lançamentos residenciais passaram a vender facilidades urbanas de um bairro a meio caminho entre o centro e o fim da cidade, ao lado do Metrô e na porta das principais estradas. Um incipiente comércio de serviços foi se formando lentamente, iniciado por estacionamentos e modestos restaurantes.

No início, não foi nada fácil vencer as resistências e o preconceito. A maioria dos juízes e promotores torcia o nariz para sua localização, muito ao oeste e distante toda a vida dos redutos classe média da zona sul. Estar próximo à margem do rio ainda representava perigo de enchente, cheiro forte e trânsito carregado. A distância do centro, da Praça da Sé, das tradicionais livrarias jurídicas, da sede do Tribunal de Justiça, prometia deixar a todos isolados. E como a maioria dos funcionários morava para os lados da zona leste, o deslocamento se tornaria maior também para eles.

Em pouco tempo, no entanto, o Fórum da Barra Funda foi conquistando a todos, com seus vícios e suas virtudes. Cada vantagem do novo prédio correspondia, porém, a algo de que a nostalgia se ressentia.

O ar condicionado central impedia que seus ocupantes sentissem o calor dos sufocantes dias de verão e moderava o às vezes cruel inverno paulistano, mas congregava e espalhava micróbios e vírus, sem distinção. Uma patrulha do bom ar foi criada, com panfletos, reuniões e advertências baseadas em supostas estatísticas do aumento do número de doenças respiratórias e cardiovasculares entre os funcionários. Poucos, no entanto, aderiram a tamanho alarmismo.

Os gabinetes para juízes e as salas para promotores e defensores permitiam uma privacidade antes inexistente, ao custo de muito aperto e quase nenhuma paisagem. Na modernidade de um grande caixote de concreto armado, janela era objeto praticamente inacessível, numa irônica retaliação àqueles que trabalhavam, de uma forma ou de outra, com a repressão ao crime. Sem direito a ver o sol.

No começo da tarde, os corredores iam sendo parcialmente interditados para a passagem das escoltas, trazendo os presos das carceragens ao andar das audiências. Os réus, vestidos com folgados uniformes da cor amarela e chinelos de dedo, vinham alinhados em fila, de dois em dois, abraçados em um mesmo par de algemas.

Durante o transporte, policiais os cercavam com pistolas oxidadas, submetralhadoras modernas e às vezes até longas espingardas que desciam do ombro ao chão. Eles amedrontavam mais aos transeuntes, expectadores do féretro, do que aos próprios réus. Estes recebiam as ordens de marcha e de postura desde que chegavam de manhã pelos *bondes*, caminhões que os traziam das penitenciárias. Quando ganhavam os corredores em direção às salas de audiência, mesmo os mais novatos já sabiam tudo o que não deviam fazer. Familiares de presos aguardavam junto às portas de acesso das ruas internas, tentando enxergar, a uma distância de quase cem metros, fragmentos das silhuetas sempre encurvadas dos detentos.

Para compensar o excesso de concreto e a escassez de ar livre, um jardim de inverno foi instalado no meio do edifício. Os primeiros anos do Fórum da Barra Funda foram todos destinados à ocupação de sua ala oeste. No térreo, o Ministério Público. No primeiro andar, os cartórios, salas de audiências e gabinetes. Na cobertura, o tribunal do júri. Com os anos, foram chegando os novos ocupantes, juízes dos inquéritos policiais, das execuções criminais, dos juizados especiais e de outros tribunais de júri, da Penha até Pinheiros. Vieram também funcionários para preencher, com processos que tramitavam nos tribunais, os grandes espaços vazios. Foi, então, que o jardim de inverno, situado no átrio central do grande retângulo, se transformou efetivamente em um ponto de passagem. A demora só ajudou, porque a vegetação custou demais a fornecer um pouco de verde para aliviar a tensão do cinza chumbo das lajes e do excesso enjoativo de paredes cor de palha. Culpa talvez do clima carregado, dos maus olhados. Ou dos maus adubos, vai saber. O jardim não é suspenso, como os da Babilônia, mas elevado como uma pequena montanha. Seu perímetro é todo recortado por rampas que vêm e voltam do primeiro ao segundo e do segundo ao terceiro pavimento e se cruzam no centro do prédio, sob a luminosidade de uma imensa claraboia. Era esse justamente o caminho que tomava sempre que, desonrando minha habitual hibernação, subia à sala de reunião dos juízes, onde era servido o almoço no final da manhã e o lanche, no meio da tarde, numa sequência quase interminável de mesas retangulares justapostas, que lembrava um refeitório escolar.

Desde que chegava ao Fórum, mantinha-me quase todo o tempo entre a sala de audiências e o gabinete. Quando não ia mais ao lanche, pelo tempo que perdia no caminho, passei a frequentar o café no fim da tarde, onde encontrava rapidamente com alguns outros colegas e o restante dos habitantes daquele complexo judiciário, entre advogados, testemunhas e até mesmo réus.

Mas havia um lugar quase secreto em que eu recorria apenas em circunstâncias especiais para alguns poucos minutos de relaxamento e ocultação ao longo do dia. Não eram tantos, mas preciosos. Bem ao lado da porta do meu banheiro, ficava a sala das defensoras públicas que trabalhavam comigo. Quando minha tensão chegava a índices elevados, ou mesmo após uma audiência cansativa, eu tomava aquele pequeno atalho e me escondia na estreita salinha, que elas sempre davam um jeito de caber mais um. Raramente discutíamos direito, dando preferência a qualquer coisa que nos pudesse fazer rir e reabastecer o ânimo.

Devo a leveza de momentos como esses, a que me proporcionava no meio do expediente, tal como um garoto furtivo escapando de uma aula enfadonha, parte da sanidade. Em um serviço onde todas as palavras evocavam desgraças e tragédias, descobri que mantê-la ao longo dos anos era uma tarefa mais complexa do que parecia inicialmente. Contei duas ou três escapadas ultrassecretas, até que o esconderijo foi finalmente descoberto por minha sagaz escrevente de sala, que regularmente o invadia para me trazer de volta à crueza, ao sofrimento e aos dramas que estavam metros adiante à minha espera. Ao crime e castigo, enfim.

Da última vez que ela deu seus habituais três toques curtos na porta e a abriu sem esperar resposta, conseguiu me transportar do paraíso ao inferno praticamente sem escalas.

– Doutor, ela já chegou.

E como o meu silêncio indicava que eu ainda não compreendera a exata dimensão daquilo que me aguardava, completou com o que seria a marca do processo criminal que mais me impressionou.

– A Bianca, doutor. A Bianca.

Duas vezes Bianca

A primeira vez que ouvi Bianca, ela mal completara doze anos. Machucada pela vida, entrou acanhada na sala. Mas assim que se sentou na cadeira das testemunhas respondeu, com uma enorme eloquência, a todas as constrangedoras perguntas que eu, também constrangido, lhe fazia. No banco dos réus, ninguém menos do que sua própria mãe.

O início da história foi narrado por uma antiga vizinha da família, que mais tarde se tornaria guardiã da menina. Um anjo, como concluiríamos depois. Seus olhos bem abertos foram essenciais para desenrolar o novelo que culminaria com aquele processo.

Dona Teresa estranhava o fato de ver frequentemente Bianca indo à feira com seu padrasto.

– Não sei explicar, doutor, mas não era como pai e filha – ela dá um tempo para melhor digerir as palavras e retoma fulminante. – Eles pareciam é dois namorados. Sempre de mãos dadas.

Bianca tinha pouco mais de dez anos e já se comportava como uma mulher crescida, dizia dona Teresa. Nas roupas, no gestual, e, mais ainda, na forma como abraçava o namorado da mãe.

A estranheza de dona Teresa fez com que ela tentasse reencontrar a mãe de Bianca, sua velha conhecida. Ivanilda, no entanto, jamais respondia aos apelos e aos recados que Teresa mandava pela filha.

Mais uma semana, mais uma feira, mais abraços e passeios de mãos dadas.

Dona Teresa não sossegou até que conseguiu conversar a sós com a menina, perguntando a ela se estava mesmo tudo bem. E depois, mais uma vez e então outra. Sentia a relutância na voz de Bianca, como se ela estivesse se dando conta de que algo estava realmente errado. E alguém, finalmente, percebia.

Depois de muitos silêncios, omissões e reticências, dona Teresa visitou a mãe e mostrou a ela sua preocupação pela frequência com que via a menina sempre abraçada ao padrasto. Nunca mais com ela.

– É que eu trabalho e ele cuida dela pra mim. E cuida muito bem. Eles se adoram.

Tanta insistência e tanta preocupação aumenta a confiança de Bianca em Teresa. O suficiente para mostrar a ela que alguma coisa não lhe satisfaz. Mas não chega a lhe dizer com todas as palavras. Não com todas aquelas palavras que diria posteriormente para mim.

Foi na Igreja que ambas frequentavam que Bianca abriu uma pequena porta, ao escrever em um pano, seu desejo secreto. Por algum motivo, o pano se rompeu e o desejo teve de ser reescrito, e o que estava no primeiro pano chamou a atenção. Ela implorava "pelo amor de Deus, que tudo aquilo parasse".

Teresa pediu a mãe de Bianca que a levasse ao Conselho Tutelar, à Vara da Infância, à polícia, enfim. A qualquer lugar, porque embora a menina não dissesse com todas as letras, estava claro que vinha sofrendo abusos do padrasto, com quem, a muito custo, admitiu dividir a cama.

Mas a mãe não a levou ao Conselheiro Tutelar, nem à Vara

da Infância e muito menos à polícia. Nem mesmo chegou a conversar com Bianca sobre isso.

Enfim, foi a própria Teresa quem trouxe o caso à Justiça. Diante do juiz da infância, primeiro, Bianca, com muito medo e muito choro, começou paulatinamente a se abrir. O que dizia, em pequenas gotas, foi deixando a todos estarrecidos:
– Eu durmo com ele na cama de casal. Já faz tempo. Minha mãe? Sempre dorme no colchão ao lado. Ela é que pedia para eu ficar lá...

Cerca de um ano e meio depois, já sob a guarda de Teresa, Bianca está sentada à minha frente na audiência do processo criminal movido contra a mãe. A ação contra o padrasto estava suspensa, por que este fugira antes mesmo de ser encontrado para a citação.

O que Bianca contava, e como contava, aturdia a todos. A psicóloga que tratou dela, logo depois que foi tirada de casa, não economizou adjetivos:
– Excelência, em todos os meus anos de profissão, nunca vi algo tão chocante. Além do abuso do padrasto, ainda houve a absurda falta de proteção da mãe.

E não era coisa recente, como viemos a descobrir. Desde os nove anos, Bianca assumira integralmente a função de esposa. Sua mãe dormia no colchão ao lado, quase um apêndice no quarto. E quando Bianca relutou, no início, a mãe a acalmava. "Sim, minha filha, não tem problema algum. Pode ir lá dormir com ele. Você não confia no pai postiço?"

A estranheza que Teresa sentira foi explicada pela doutora: Bianca tinha uma sexualidade exageradamente precoce. Masturbava-se constantemente e enxergava sexo em cada figura que lhe era mostrada na terapia. Seu discurso, de uma insuportável coerência, parecia de mulher formada.

Bianca contou que desde cedo, quando dormia na mesma cama da mãe, ela a colocava nua sobre seu corpo também nu e a usava para massageá-lo, gemendo. Com o padrasto, ela fingia que estava dormindo, por várias vezes, quando percebia que ele baixava seu pijama, sua calcinha, e a trazia junto a ele e a seu corpo despido e malcheiroso. Sentiu nojo, sentiu dor, chorou e gritou. Mas a mãe, deitada no colchão vizinho, só pôde me dizer depois:

– Eu tinha o sono pesado, doutor, não ouvi nada.

Foram mais de dois anos de relações sexuais frequentes, tornando-se o cotidiano de Bianca. Servir-se de mulher para o companheiro da mãe, enquanto essa curava no "sono pesado", a repulsa do amante.

Como se fosse uma adulta, no que tristemente vinha se transformando à força, Bianca explica que tentou por várias vezes interromper aquilo tudo, com a frase que mais nos espantou, pela dimensão da maturidade:

– Eu disse que não queria mais, mas ele não aceitava.

Na primeira tarde, esteve em julgamento sua mãe, pelos seguidos estupros da filha. Uma situação até então desconhecida para mim.

Muitas vezes suspeitamos da inércia das mães. A dependência que sentem em relação ao marido, a estranheza de jamais perceber as agressões sofridas sob seu nariz. A incapacidade de acreditar no pior.

Mas nesse caso era mais, muito mais, do que simples omissão. Era cumplicidade pura: masturbação com a filha, estímulo para que ela dormisse com o padrasto, reforço de que a perversão era correta, para que ela se sentisse confiante. Saiu-se condenada a sete anos de reclusão, e um ano e meio depois, com a confirmação da sentença pelo tribunal, foi presa.

Meu contato com Bianca teria parado aí, nessa triste história, se cinco anos mais tarde, seu antigo padrasto não tivesse sido localizado em uma pequena cidade do interior de São Paulo, onde veio a ser preso. O processo recomeçou.

E eis que eu me deparo com Bianca, agora com dezessete anos completos, sentada na mesma cadeira da mesma sala de audiências.

– Eu vou ter que contar tudo aquilo de novo? – Ela pergunta com ar resignado, e uma maturidade que não cansava de nos surpreender.

Detalhe por detalhe, inclusive os mais sórdidos cuja inapetência de reproduzir constantemente me consome, ela comoveu a todos pela condição que mostrou depois de tamanha violência e abandono.

Às vésperas de terminar o ensino médio, falava sem timidez de seus planos para passar no vestibular e fazer faculdade de moda.

Corrigiu-me, por mais de uma vez, quando me referi à ré. Mãe, para ela, era Teresa. Ivanilda, como fez questão de chamar durante toda a audiência, era passado. E um passado sofrido, que não tinha a menor vontade de reviver.

Recusou-se a vê-la nas saídas temporárias da prisão e demonstrou clara a intenção em apagar a mãe biológica de sua vida.

Poucas vezes, na longa trajetória como juiz criminal, me senti tão aliviado por uma condenação, que havia devolvido a jovem Bianca o direito de prosseguir numa vida que até então parecia interrompida.

Emocionei-me ao ouvir dona Teresa falando das dificuldades cotidianas com seus outros três filhos e não me furtei a sair do *script* e dizer a ela o que estava engasgado desde quando Bianca fizera seu relato:

— A senhora devolveu a vida a essa menina.

Na minha frente, ela apenas balançou a cabeça e me pôs a par dos novos desafios, como acompanhar de perto um namoro de Bianca com um rapaz seis anos mais velho. Mas quando saiu da sala, me disse a psicóloga que entrou em seguida, havia uma lágrima furtiva escorrendo de seu olho.

O padrasto, enfim, contou a sua versão, negando tudo. Não convenceu. Recebeu a pena, maior porque já tinha sido condenado por outros crimes, e foi retomar na cadeia o restante de sua vida que, desgraçadamente, anos atrás, havia cruzado com a de Bianca.

Não sei o que o futuro reservará a Bianca e quais serão as sequelas de uma violência tão profunda. Mas gosto de acreditar que a força dela em direção à vida será mais forte. Capaz de superar os traumas e deixá-los pelo caminho, da mesma forma como ficaram os destroços de sua família.

Providências

Solange foi vítima de um crime. Ao buscar a apuração, foi testemunha de outro. Saiu-se sofrida e ainda culpada, mas mostrou decência e coragem que não se vê em qualquer canto.

Assaltada em plena luz do dia, à mão armada, foi despojada de sua carteira, de sua bolsa e de seu celular. Em um sentimento de impotência, paralisada, assistiu ao jovem rapaz fugindo às suas vistas, mas não conseguiu fazer nada. Abatida, foi até o emprego do marido para que ele lhe acompanhasse a uma delegacia de polícia.

Não chegou a perceber que populares que viram o roubo saíram atrás do ladrão e avisaram aos integrantes de uma viatura da PM as características pessoais e as roupas que ele usava.

Os soldados foram rápidos e certeiros. Quando Solange chegou à delegacia, o assaltante já estava detido e todos os seus bens foram recuperados. Foi um enorme alívio. Mas passageiro.

Ela me contou a ação do rapaz e disse que teve medo. Lembrou que só na delegacia soube que a arma era de brinquedo. Contou do desespero que sofreu diante da perspectiva de perder suas coisas. Chegou a abraçar a bolsa, que trouxe como prova de seu apego. Mas quando foi à sala de reconhecimento, estava nervosa e confusa e não conseguiu ter certeza se era ele.

Apesar disso, a prova era suficiente, porque o rapaz foi visto por outras testemunhas, perseguido pela PM e preso na posse da bolsa dela e da réplica de arma. Mesmo assim, antes de acabar o depoimento, o promotor quis suprir a hesitação da vítima indagando se no dia, ela o reconheceu na delegacia de polícia.

– Ah, doutor, no dia eu vi sim. Era ele. Deu para perceber muito bem.

Só por desencargo de consciência e para completar a informação, quis saber dela em que condições o tinha visto. E ela explicou. Sem deixar de lado nenhum detalhe.

– Olha, doutor, eles me perguntaram se eu podia vê-lo para ter certeza. Eu disse que sim, mas não tinha ideia de como seria. Eles me levaram à frente de uma cela e tiraram ele na hora. Mandaram ele não olhar para mim, enquanto eu olhava para ele. Eu me senti até mal. Depois que eu confirmei que era ele, um senhor passou a agredi-lo. Sabe, doutor, tapa no rosto, chute, soco, tudo. Eu comecei a chorar e até virei a cara, enquanto aquele moço batia, xingava de vagabundo e gritava para ele não falar nada. Não consegui ficar lá. Saí de perto, porque meu estômago estava se revirando. Mas mesmo de longe, doutor, continuei ouvindo ele apanhar e chorar. Acho que eles não precisavam fazer isso, né?

Solange foi desfiando os detalhes, alguns por conta própria, outros em respostas às minhas perguntas, quando chegou a descrever o agressor em minúcias, altura, porte físico, fisionomia, roupas. Ela entendeu que era o próprio delegado.

Que presos são agredidos e torturados por alguns policiais, tão ou mais criminosos do que eles, é fato que se sabe. Mas que tenhamos registros tão nítidos como um testemunho coberto de isenção não é nada corriqueiro.

Era evidentemente caso para providências urgentes. Cada um tomou a sua.

Eu determinei que se extraíssem cópias do depoimento e requisitei a instauração de inquérito policial para apurar a tortura.

O promotor substituto, temeroso de consequências que ainda desconhecia, apenas me pediu encarecidamente que o relato da vítima, com os detalhes da agressão, não constasse como sendo resultado de suas perguntas.

Hector

– O senhor está dizendo que eu sou louco? E ainda quer que assine embaixo?

Hector pousou a caneta sobre o papel, em cima da mesa, e me fitou com um olhar desafiador.

Eu havia me comprometido a levar a audiência até o final sem maiores transtornos. E a bem da verdade, parecia ser a única pessoa em condições de fazê-lo. Hector vinha atazanando a defensora pública, quase saiu no braço com o promotor e estava em pé de guerra com a família. Eu ainda era um porto mais ou menos seguro para ele.

Nosso primeiro contato até que foi amigável. Distinto e aparentemente discreto, ele veio à minha sala com uma petição em mãos para despachar um pedido de assistência judiciária, buscando a isenção de custas em um processo.

Ao se sentir ouvido, foi narrando seus problemas com a advocacia e os negócios em geral e como tudo fez com que ele ficasse em uma situação financeira desesperadora. Foi cordial e cerimonioso. Tão sóbrio e adequado, que eu demorei a perceber que ele era o próprio réu.

Com um pouco de calma, debrucei-me naquele arrazoado de muitas páginas, desproporcional ao pedido que me dizia fazer. De forma sutil, fiz-lhe uma sugestão que salvaria nosso processo:

– Não lhe recomendaria ser advogado de si mesmo, doutor, se me permite um conselho.

Hector pode ter sido um bom advogado. Aparentemente viveu de forma intensa esse enredo de fazer e despachar petições, acompanhar audiências, travar defesas. Tinha conhecimento do hábito e isso logo se notava. Mas o ajuntamento de fatos, ideias e pedidos em cada uma das tantas laudas de sua petição mostrava que algo importante ficara para trás. Mais ainda do que a sua precaríssima situação econômica.

Depois de me ouvir, ele arfava com vigor. Cofiou o espesso bigode cobreado com os dedos e parecia estar refletindo intensamente sobre a proposta. Mas quando desatou a falar, e a contar o que parecia ser o início de uma longa história, que começava justamente pelo fim, seu próprio envenenamento, eu o adverti talvez até com certa rispidez:

– Se o senhor é meu réu, não podemos conversar. Só vou poder ouvi-lo no interrogatório, na presença de seu advogado.

Mais uma vez ele manteve um semblante pensativo – ou talvez apenas incomodado. Desapontado certamente, por não cumprir aquilo a que basicamente pretendia, que era fazer o juiz se inteirar da imensidão de seus problemas.

Hesitou por momentos entre concordar ou reclamar. Ao final, apertou minha mão direita com a sua com força, e ainda segurou o aperto de nossas mãos com a esquerda, prolongando-o por alguns tantos minutos, enquanto balançava a cabeça em sinal de aprovação.

– Muito bem, ele repetia. Muito bem.

Enfim, esqueci de despachar na petição, ele esqueceu de levá-la ao cartório, mas o recado estava dado. Assim que ele saiu da sala, eu mandei chamar a defensora pública.

O caso era muito menos complexo do que o próprio réu.

Após uma discussão com a ex-mulher, ele lhe dera uma bolsada, que a deixou com lesões leves. Como a lei Maria da Penha proíbe a suspensão do processo nesses casos, iríamos à audiência para ouvir a esposa e as filhas do casal. Não consta que tivesse o hábito de agredi-la e não havia registros de ocorrências posteriores. Ao acusá-lo de lesões dolosas, o promotor mal tinha ideia da Caixa de Pandora que estava abrindo.

No dia da primeira audiência, aconteceu algo inusitado. O Tribunal designara uma juíza auxiliar para a Vara. Ela estava saindo de outro Fórum e acabou sendo designada para trabalhar comigo. Eu não precisava, mas aprendi na carreira que auxílio jamais se recusa.

Querendo trabalhar, a colega se dispôs a tocar as audiências do dia, já que as sentenças dos processos que eu mesmo havia presidido, não poderia fazer. Sentei-me no gabinete para dar vazão ao trabalho que ali me aguardava, enquanto a jovem magistrada conduzia com serenidade e rapidez as audiências do dia.

Tudo corria bem, até o momento em que ouvi um grito, um derrubar de cadeiras e um chamado pela polícia. Foi só então que me dei conta do processo que estava na pauta.

Quando entrei na sala de audiências, Hector estava abrindo inteiramente a camisa, enquanto o promotor em altos brados lhe ameaçava com a voz de prisão. A juíza e a defensora se entreolhavam assustadas.

Ele acalmou-se ao me ver, embora ainda meio confuso. Eu o retirei da sala tentando, quase inutilmente, que ele também parasse de gritar.

– Veja, doutor, o estrago que o *Anthrax* me fez? Olhe as marcas! Quanto tempo de vida me resta? Minha esposa me envenenou e agora quer que eu morra na prisão!

Eu lhe disse que ficar sem camisa, no exato momento em que os policiais militares chegavam ao corredor não era uma boa ideia. Como eu podia convencê-los que estava tudo bem, com ele seminu? Devagar, e ainda contrariado, ele foi fechando a camisa, botão a botão. Fiz, então, com que ele se sentasse na sala destinada às testemunhas. A defensora alegou mal-estar do réu e pediu à juíza que ele pudesse ser interrogado em outra data. Ela, razoável, concordou. Um mês depois, as coisas andavam mais calmas. Veio a audiência e nós estávamos mais ansiosos do que ele. Hector parecia relaxado e, sentado na cadeira das testemunhas, contou a sua versão dos fatos. Ou os fatos que, segundo a sua versão, eram importantes que a gente soubesse. Em especial como ingeriu, sem perceber, numa sopa ardilosamente preparada e servida por sua esposa, o veneno que vinha paulatinamente deteriorando suas ideias. Em seu favor, exibiu uma foto impressa sobre sulfite, para que eu pudesse compreender o estrago do *Anthrax* no cérebro, mas eu não consegui distinguir nenhuma imagem familiar naquele papel.

Tranquilo, mas como se estivesse em outro mundo.

Foi quase uma hora de frases seguras, porém desconexas, com as quais Hector não chegava a negar a agressão que lhe fora imputada – e a bem da verdade tampouco a admiti-la. Em algum momento do interrogatório, fez menção de abrir a camisa novamente, mas desistiu tão logo pegou no primeiro botão. Ao final, olhei para a defensora pública e indiquei que não havia saída.

E assim a hora de assinar o termo no qual se determinava a instauração do "incidente de insanidade mental" se transformou no clímax da audiência.

Eu achei que a caneta jogada bruscamente sobre o papel iria se transformar, enfim, em um ato de novo enfrentamento.

O promotor recuou alguns centímetros com sua cadeira, pois a essa altura, já era gato escaldado. A defensora escolheu criteriosamente uma de suas mais sérias caretas, para demonstrar a apreensão. A escrevente ficou de pé ao lado de Hector, pronta para pegar a folha de volta assim que ele assinasse.

O silêncio se fez por alguns minutos, como se a audiência estivesse em suspenso. Mas quando ele começou a cofiar seu bigode, senti que era a minha deixa.

– O senhor quis me convencer que o *Anthrax* acabou com o seu cérebro. Trouxe uma foto para me mostrar o estrago. Disse que depois da contaminação, nunca mais conseguiu pensar direito, como fazia antes.

Ele respirou fundo e percebi que estava novamente entrando naquele conhecido transe de confiança. Esperei alguns poucos segundos até que finalmente balançasse sua cabeça, ainda que de uma forma exageradamente tímida.

– Então como o senhor quer que eu julgue, sem fazer um exame? Ou tudo aquilo que o senhor me disse era mesmo mentira?

Ele coçou a bigode por mais alguns instantes até dar-se por vencido. Assinou o termo de audiência e me respondeu de forma quase ameaçadora:

– Mas o senhor vai ver... – Respira fundo e completa, já se levantando – vai ver que eu não sou louco.

A inimputabilidade foi confirmada pelo perito oficial, como supúnhamos. Como dizia a lei, ele era incapaz de compreender a ilicitude de seus atos.

Eu determinei que se submetesse a alguns meses de tratamento ambulatorial. O promotor recorreu exigindo sua internação imediata em um manicômio.

Mas a Defensora Pública continuou buscando a absolvição, porque, afinal de contas, ele bem podia tratar de sua esquizofrenia por conta própria, sem causar maiores danos à humanidade. Talvez estivéssemos nos preocupando demais com a doença e menos com o fato que o trouxera até nós – que lhe renderia não mais do que uma pena em regime aberto.

De todos, a Defensora foi a única que continuou a vê-lo, por visitas que ele lhe fez para tratar da apelação. Ora reclamava, ora se indignava, mas aprendeu a cofiar o bigode e a balançar a cabeça para ela também.

Até onde soubemos, não morreu envenenado.

Um oficial cheio de justiça

Quando o juiz começa sua carreira, em uma pequena comarca do interior, faz um pouco de tudo. Causas cíveis, criminais, da infância, execuções e até família. É uma espécie de clínico geral.

Quanto mais ganhamos experiência, galgando os cargos nas cidades maiores, mais o trabalho se concentra, permitindo que possamos nos fixar em uma só matéria.

A vantagem em percorrer todos os campos do direito logo no começo é tomar contato com as matérias que mais nos seduzem ou que menos nos traumatizam, para quando for a hora de escolher as varas privativas.

A essa altura, os leitores já intuíram que minha escolha acabou se dando no direito penal. Mas até chegar a essa situação de razoável familiaridade, tive de percorrer outros caminhos nada suaves.

A primeira audiência que fiz na primeira comarca que assumi foi de uma causa cível de parceria agrícola. Suei frio e tentei disfarçar o desconhecimento dos demais, até encontrar um velho código comentado, dentro do qual, perdida em uma nota de rodapé com letrinhas menores que um contrato de seguro, se escondia a solução para o meu problema.

O anjo da guarda dos juízes também estava à espreita quando decidi minha primeira e, ao que me recordo única, busca e apreensão de criança.

A princípio, tudo pareceu tão apropriado, que era quase indispensável, como costumam ser as providências drásticas que as partes nos pedem. Quanto mais invasiva, grave e constrangedora a medida, mais ela se aparenta como a única forma de evitar um desastre. Essa é a proporção frequente das "escolhas de Sofia" que se impõem aos juízes cotidianamente. Ninguém passa incólume por elas.

O pedido daquele pai descrevia uma situação tão caótica que a vida de uma criança de sete anos parecia depender exclusivamente do que eu iria decidir nas próximas vinte e quatro horas.

Depois da separação, a mãe, ele dizia, passou a beber. Prendia o filho em casa impedindo que fosse à escola. À noite, ou o deixava sozinho ou o levava para ambientes indevidos. Passara a impor toda a forma de obstáculo às visitas e se afastara do resto da família que passou a temer pelo pior. Mais de uma vez, ameaçara fugir com a criança e nunca mais aparecer.

Para evitar me fiar apenas nas palavras de um possível amante ressentido, ouvi as testemunhas que ele apresentou, duas ou três pessoas que me diziam de forma mais ou menos acentuada, que aquilo tudo não era uma elucubração de ex-marido, nem uma forma fraudulenta de inverter a guarda dos filhos.

Dada a urgência e gravidade do que fora pedido, em especial o alerta de que havia fortes indícios de que ela estava se preparando para deixar a cidade, optei por uma medida que o latim jurídico denominava "inaudita altera pars". Ou seja, sem ouvi-la, para evitar que sabendo do fato, pudesse fugir e inviabilizar todo o pedido.

Só mais tarde fui me dar conta da enorme violência da decisão que tomara. Havia fundado amparo jurídico e seu exemplo era citado em manuais de doutrina e de jurisprudência. Mas, afinal de contas, o que sabem os manuais?

A ordem passada ao oficial de justiça era dramática, mas ele iria acompanhando o próprio pai e a avó da criança o que aparentemente tornava a situação mais fácil.

Uma ou duas horas depois, no entanto vi o oficial Ricardo voltar com uma cara de assombro, ofegante e em um nível de excitação que me parecia desproporcional. Ele me encontrou no gabinete, após o fim das audiências do dia. Entrou, fechou a porta e se estatelou no sofá antes mesmo que eu o convidasse a sentar. Diante do meu espanto, só teve forças para dizer:

– Quase.

Refazendo-se aos poucos, a história me chegou aos pedaços.

Ricardo fora até a casa da mãe para cumprir a ordem de apreender seu filho. A primeira parte da diligência transcorreu sem qualquer dificuldade. Foi a própria criança que abriu a porta e ao ver o pai e a avó nem se assustou com a presença do corpulento servidor da justiça.

Tudo podia ter parado por aí se a mãe se pusesse a ouvir as razões que o oficial tinha para dizer. Mas quando ela chegou na sala, onde pôde ver de uma só vez, seu ex-marido, sua sogra e um estranho com uma bolsa a tiracolo e um papel timbrado, tudo passou como um raio em sua cabeça.

– Doutor, eu pensei que ela ia gritar, agarrar seu filho ou fazer um escândalo. Estava me preparando para ouvir muito, pensando em tudo que podia dizer para tentar acalmá-la. Mas a reação foi totalmente inesperada.

A mãe não gritou, não agarrou seu filho e não fez o escândalo que a vizinhança, ouriçada pela chegada do ex-marido e do oficial de justiça, já aguardava de prontidão do lado de fora da casa.

Ela esperou que Ricardo começasse a explicar o que estava no papel, que os ânimos se mostrassem serenados e que a pulsação de todos rebaixasse o estado de alerta. Então, sem prévio aviso, deu-lhes as costas. Virou-se calmamente e entrou em um corredor estreito ao lado de sua modesta cozinha. Fechou, quase sem barulho, uma portinhola atrás de si.

Poucos segundos se passaram para que o pai suspirasse de alívio, a sogra começasse a dizer que o interesse da mãe pelo filho era nenhum como se podia notar, e ambos instassem o oficial de justiça a dar logo por cumprida a ordem e saírem daquela residência.

Mas Ricardo teve uma intuição que nos salvou a todos. Negou-se a sair desta forma, quase fugida, sem que tudo estivesse devidamente explicado, nos seus mínimos detalhes. Afinal, ele era um homem da lei. Como a mãe não regressava, resolveu tomar o mesmo caminho e ir atrás dela. Chamou-a pelo nome por duas vezes, a segunda já em voz alta. Até que concluiu que não teria resposta alguma.

– Quando eu ouvi o barulho de um vidro se quebrando, meu coração foi a mil, doutor. Eu não parei, não pensei. Nem sabia ao certo o que estava fazendo. Mas dei um chute naquela porta, doutor, com toda a força que minha perna era capaz. A porta se arrebentou de primeira, e se for preciso, se o senhor mandar, eu mesmo volto lá para reparar o estrago.

Mas o grande estrago ele mesmo já tinha reparado. A mãe estava sentada na bacia, o espelho do armário do banheiro partido em uma dúzia de pedaços. Mas não foram anos de azar. O barulho foi o que fez Ricardo invadir e pegá-la com uma das lascas do vidro forçando contra seu próprio pulso.

– Não, me deixa! – foi a única coisa que o oficial de justiça ouviu dela, antes de puxá-la à força num só golpe para fora do banheiro. Ela bateu o ombro no batente, bateu a nuca na porta, mas quando Ricardo conseguiu controlá-la, abraçando-a com toda a sua força, não tinha mais que um pequeno rasgo no pulso, do qual vazara um diminuto filete de sangue.

– Doutor, o senhor é que sabe agora. Foi uma gritaria, choro que não tinha fim. Mas eu peguei todo mundo, pus no meu carro e trouxe aqui, doutor. Eles estão aí esperando, depois o senhor me diz o que é que tenho que fazer.

Eu demorei a dizer o que ele tinha que fazer. Eu demorei a dizer o que eles todos tinham de fazer. Para ser sincero, eu demorei a decidir o que eu mesmo devia fazer.

Foram quase duas horas reunidos com aquela família à beira da destruição, até que a adrenalina pudesse baixar e o susto abrisse os olhos de todos.

Apesar de tudo, dos indícios, das testemunhas, dos fatos sobejamente provados, a criança parecia estar muito bem. Não tinha marcas de agressão. Assustada como todos, falava pouco, mas era coerente. Estava com medo, distante e se mostrava muito carente. Se o problema era a mãe, ele queria mais dela e não menos.

O pai, trêmulo, sentiu o peso da responsabilidade e a quase tragédia de ter provocado a morte da mãe na frente de seu filho. Embora não recuasse dos fatos que acusara, evitou usar o episódio como reforço de seus argumentos e se colocou à disposição para ajudar "no que for possível", dizendo que a questão agora estava nas minhas mãos.

Mas nada foi mais tocante do que o constrangimento da mãe que, ao final, mostrou a todos nós, principalmente a mim, que mesmo no fundo do poço, no quase nada de suas forças, havia uma energia que jamais podia ser desprezada. O amor.

– Doutor, o senhor me desculpe por tudo o que eu fiz. Mas eu não suportei a ideia de perder ele. Deixa eu ficar com ele, doutor, eu prometo que faço tudo certo agora. Doutor, pelo amor de Deus...

Passaram-se alguns minutos de silêncio e outros tantos de reflexão, até que chegássemos a um acordo.

Ela se comprometeu a procurar acompanhamento médico para tratar de sua depressão, como condição para a guarda. E a permitir visitas mais frequentes do pai, que assumiria novas responsabilidades, como acompanhar o filho na escola. A avó, surpreendentemente, manteve-se quieta e não se opôs.

Suponho que o freio de arrumação que aquela diligência representou para a família tenha dado um fôlego e tanto para a situação de todos. Não houve mais reclamações no ano e meio que ainda continuei na cidade.

Da minha parte, talvez tenha aprendido mais do que todos eles juntos, principalmente a manusear a enorme força que tinha nas mãos. Quase, eu viria a repetir por algumas vezes, quando encontrava com meu oficial cheio de justiça.

A comarca, enfim, cumpriu sua função de me apresentar aos mais variados campos do direito para que eu, mais tarde, pudesse optar em julgar casos criminais. Onde as tragédias, pelo menos, já tinham acontecido quando chegavam às minhas mãos.

O bom ladrão

Uma das coisas que me incomodava no começo da carreira era a pouca privacidade. Numa pequena cidade do interior, quase todo mundo conhece o juiz.

Nos poucos meses em que fiquei na minha pequena comarca, era reconhecido quando fazia caminhadas no parque, em compras no supermercado ou no trajeto do Fórum ao restaurante na hora do almoço.

Quando eu cheguei na cidade, em um domingo de calor insuportável, descobri que a casa do juiz, onde devia morar, estava sem chuveiro. Após a insistência da secretária do Fórum e de um advogado aposentado, acabei dormindo a primeira noite na Santa Casa. De manhã, tomei café com os médicos e enfermeiros e já estava apresentado a uma boa parte da coletividade.

O delegado da cidade, ali lotado há mais de dez anos, era simpático e solícito. Dirigia seu fusquinha azul claro pela ruas estreitas e graciosamente me ajudou na prova prática para escolha do motorista que conduziria a nossa velha Kombi. Mas o prefeito que chegou até a me visitar em casa, fez cara de poucos amigos, depois que decidi pela ilegalidade de um programa de rádio em que parecia privilegiar um deputado na eleição.

A proximidade entre as pessoas e a simplicidade tinham lá suas vantagens, que não voltaria a encontrar na cidade grande.

Eu estava terminando um interrogatório de roubo, quando o réu preso, sentado na extremidade contrária da mesa, soltou um sonoro grito, olhando para a janela.

– Olha lá, tá fugindo...

A sala de audiências dava vistas para a garagem do Fórum, que por sua vez era vizinha de fundos da delegacia. O réu estava vendo um companheiro de cela sobre a laje da minúscula carceragem e nos alertou.

O policial meio barrigudo, que fazia a escolta dele, se abaixou para ter uma visão melhor da janela e, então, não hesitou:

– É mesmo, doutor, está fugindo. Peraí, que eu vou lá...

Deixou-me sozinho com o preso na sala.

Grudei as costas na cadeira e fiquei pensando o que poderia acontecer se aquele réu resolvesse fugir também ou quem sabe me agredir.

Fiz uma série de cálculos, mas tentei agir como se tudo estivesse tão em ordem que ele nem percebesse a minha apreensão. Se percebeu, não se preocupou minimamente com ela. Em vez de me atacar, estava me atualizando sobre a operação captura, porque o seu ângulo de visão era o único que permitia acompanhar toda a diligência.

– Agora vai, doutor, ele já tá cercado. Tem um PM subindo na laje e o outro esperando aqui em baixo. Não tem jeito. Olha lá, levantou as mãos, vai se entregar... Pegou, pegou, pegou.

Eu não sabia se descia da mesa para acompanhar também, se agradecia a narração da fuga que ele fazia ou se tomava alguma outra providência para me acautelar.

Na dúvida, não fiz absolutamente nada e passei aqueles vinte minutos tenso e enrijecido, temendo o pior.

Mas quando o PM voltou, esbaforido, eu fingi que nada de mais havia se passado. Ele talvez tenha se dado conta da anormalidade pela minha cara pálida que disfarçava menos do que eu pretendia. Tão logo recuperou parte de seu fôlego, prestou as devidas satisfações:

– Desculpe, excelência. Felizmente deu tudo certo. Nós o prendemos de novo. – Conferindo as mãos ainda algemadas do réu que estava sob sua custódia e permanecia sentado, completou em tom de reverência – E muito obrigado pela compreensão, doutor.

Tive a nítida impressão de que o agradecimento não era apenas para mim.

Pé de coelho

Se as pessoas soubessem o quanto de casualidade e coincidências se escondem nas apurações de um crime, talvez se surpreendessem. Inteligência policial, muitas vezes, depende do mero acaso. A realidade proporciona enredos que até os ficcionistas considerariam inverossímeis demais.

Lembro-me de uma audiência em que foram ouvidos quatro policiais militares que dividiam um apartamento no litoral, no intervalo do curso da academia. Da sacada, um deles escutou a conversa estranha em altos brados, que vinha da varanda vizinha para a qual não tinha visão. A princípio, achou que era só brincadeira. Mas como ela se repetiu nos mesmos termos por outras vezes, optou em dividi-la com seus colegas.

– Não tem mais prazo.... Pague já ou pague pra ver... Não vou dar prova porra nenhuma.... Você que se arrisque se não quiser mais vê-la...

O que parecia inacreditável estava acontecendo justamente na porta ao lado, onde uma senhora foi encontrada amarrada e amordaçada no cativeiro mais mal escolhido da história dos sequestros.

Bom, é verdade que as coincidências só dão frutos quando se deparam com policiais com olhos e ouvidos abertos, que não desprezam sua memória, tampouco a intuição.

Era o caso de Rogério, soldado da Polícia Militar, que em

uma de tantas abordagens a jovens negros que perambulam nas periferias, topou com um fulano que lhe chamou a atenção.

O rapaz tinha uma tatuagem no peito do pé. Uma águia. Tatuagens sempre despertaram a curiosidade dos policiais. Era costume que criminosos fossem tatuados na prisão com símbolos de seus crimes. Até nos registros policiais, as imagens eram descritas com precisão. Mesmo com a popularização das tatuagens, da qual nem os próprios policiais escapam, elas ainda chamam a atenção no primeiro contato visual. Tanto mais essa em local que não era lá muito comum.

Com muita má vontade e irritação, o jovem forneceu sua identidade e disse ser morador da vizinhança. Emburrado, encarou o policial e falou que estava atrasado para o serviço.

Rogério sapecou o documento de trás pra frente e de frente para trás. Não havia nenhuma suspeita de falsidade. Por via das dúvidas, checou, pelo rádio, se o rapaz tinha algum antecedente criminal.

Percebendo que o garoto estava limpo, devolveu-lhe o documento, mas não sem antes marcar, na lateral de uma das folhas de seu talão de ocorrências, o número do RG.

Quem sabe para o que poderia servir. Alguma eventualidade. Ou para nada, pensou. Enfim, fez a sua cara de bravo, mandou com voz de autoridade o rapaz circular e prosseguiu no patrulhamento. Ainda iria abordar outros tantos jovens da periferia naquele mesmo dia.

Uma semana depois, mais ou menos, Rogério está deixando a delegacia de polícia, para onde encaminhara um flagrante, quando resolveu se despedir do escrivão.

O funcionário estava registrando um boletim de ocorrência e parou por instantes apenas para acenar a Rogério. O

PM já saía da sala, enquanto a vítima sentada à sua frente dava detalhes do crime que sofrera.

Rogério podia muito bem não ter entrado na sala naquele momento. Não era preciso. Podia ter entrado uns dois minutos antes. Ou quem sabe outros depois. Mas quis o destino que ele ainda estivesse na sala no exato momento em que a vítima narrava...

– Algum sinal particular? Tinha sim, senhor, o ladrão tinha uma tatuagem no pé. Ô lugar estranho, não?

Imediatamente, Rogério parou na porta da sala e esperou para ouvir o restante do relato, porque a coincidência havia tocado a primeira campainha.

– Ele estava de chinelos, assim deu pra ver. Acho que era um pássaro, alguma coisa assim. Algo com asas, eu não vi direito...

Dois a zero.

Rogério se dirigiu à viatura para procurar o talão em que rascunhara o número do documento do tatuado. Correu páginas pra frente e pra trás, até encontrar o garrancho no segundo vasculhar. Voltou a tempo de pegar a vítima ainda sentada à frente do escrivão, pronta para receber uma cópia do Boletim que estava sendo impresso.

Conferiu a descrição que constava no boletim de ocorrência e esta era muito próxima ao rapaz que tinha visto.

– Posso lhe perguntar como era esse assaltante de pé tatuado?

O escrivão estranhou a intromissão, a vítima nem tanto:

– Folgado, seu policial, o rapaz era muito folgado.

Com o número do RG, a pesquisa no Instituto de Identificação deu acesso ao formulário do documento e, assim, a foto do rapaz. A vítima reconheceu o *folgado* no mesmo instante.

Rogério se despediu e voltou à viatura. O seu trabalho estava terminado. Agora era com os policiais civis. Eles encontraram João – o folgado tatuado – e uma arma na casa. Com a indicação dele, foram à residência de Maurício, o segundo assaltante, em outro bairro.

Nada do dinheiro, celular, roupas ou eletrodomésticos roubados das vítimas. Mas depois de uma busca minuciosa, um dos policiais civis apostou em levar para a delegacia um conjunto de badulaques que estava na gaveta do quarto de Maurício. Alguma coisa naqueles objetos deve ter parecido feminino demais para estar na cabeceira de um homem solteiro.

Duas vítimas de assaltos em ruas vizinhas reconheceram Maurício. E também a seus pertences. Ele estava com o chaveirinho de uma mulher e a caneta de outra.

Ao delegado, ele admitiu que guardava um *souvenir* de cada crime. Para dar sorte.

Liberdade provisória

Eu mal fechei a porta do banheiro por trás de mim e ouvi, ainda de costas, meu nome declamado, em voz alta, com ênfase e vigor, daquele jeito que só a mãe da gente chama, quando quer repreender.

Voltei-me assustado, em especial pelo fato de não ter reconhecido naquele pequeno ambiente ninguém que me parecesse familiar.

– *Dou-tor Mar-ce-lo* – repetiu o senhor que muito provavelmente aguardava atendimento na Defensoria Pública, cujas salas dividiam o pequeno saguão com os sanitários privativos.

– O senhor não está me reconhecendo – disse, abaixando a cabeça e apertando suas mãos, uma na outra, como se buscasse palavras que não estavam a seu alcance.

– É que... da última vez que o senhor me viu – e cola o queixo no peito como um sinal de respeito ou quem sabe vergonha – eu estava de uniforme. Da penitenciária.

Fernando era meu réu. Mas de fato era impossível lembrar dele pela cara.

Não fosse o volume de pessoas que passavam diariamente pelos nossos processos, o que ele dizia fazia mesmo sentido: o uniforme, a algema no punho, a cabeça baixa. E o policial armado levando-o e trazendo-o da carceragem. Eles pareciam todos iguais.

– Mas agora eu estou solto, doutor. E graças ao senhor que me deu a liberdade.

Um dos maiores receios dos juízes criminais é saber o que os réus farão após a concessão da liberdade. Você nunca sabe exatamente o que pode acontecer e muitas vezes tem medo de se sentir culpado.

No começo de carreira, dei liberdade provisória a um acusado de roubo que mais tarde veio a praticar um latrocínio. Não é fácil se sentir quase como um coautor de uma gigantesca perda familiar. Durante algum tempo esse fantasma me assombrou, quando vinham novos pedidos de liberdade.

Demorou um pouco, até que passei a compreender, de outro lado, o enorme fator criminógeno da prisão.

Quantos pequenos furtadores não se transformaram em perigosos assaltantes e sequestradores, depois de um estágio nessa universidade a que os enviávamos?

Mas se o medo perturba, a satisfação de uma liberdade que reintegra compensa integralmente. Para um juiz criminal, poucas coisas são mais recompensadoras do que a sensação de um réu que se reinsere fora das celas.

Visivelmente, era o caso de Fernando.

– Mas desta vez, doutor, eu tenho certeza que o senhor vai lembrar de mim. Eu estou de uniforme, mas é um uniforme de trabalho.

E só então notei o macacão cinza que ele exibia com imensa satisfação. Tinha as mãos ainda um pouco sujas de graxa, o que não evitou que abrisse com elas sua mochila, para que eu visse e não mais esquecesse, outra prova candente de sua conduta lícita:

– Olha, doutor, minha marmita – ele abriu a pequena lata, que a essa altura só guarnecia esparsos restos de comida. –

Eu agora tenho um emprego fixo e saio cedinho de casa para só voltar à noite. – Guardou cuidadosamente a marmita que usaria, cheio de orgulho, no dia seguinte. E acrescentou: – Eu quero que o senhor saiba que devolveu a minha vida. E estou fazendo um bom uso dela.

Quando o deixei, regressando à sala de audiências, pedi que a escrevente me encontrasse o seu processo. Terminar o dia com uma boa notícia não era algo que se pudesse desprezar.

Dei-lhe um sorriso e desejei boa sorte, como costumava fazer aos réus quando saiam da minha sala.

Após ler os autos do processo, mais tarde, concluí que ele iria mesmo precisar dela.

Eu o havia soltado em liberdade provisória, numa acusação de tráfico de entorpecentes. Sendo primário e sem qualquer envolvimento com organizações criminosas, e tampouco com quantidade expressiva de drogas, até a substituição por penas restritivas, em caso de condenação, era uma possibilidade real. Não havia motivos para mantê-lo preso.

Fernando se apegara a essa liberdade para tentar reconstruir sua vida. Aparentemente estava dando certo.

Mas ele ia precisar de algo mais.

No dia de sua audiência, eu estava de férias. Fernando acabou condenado a seis anos e nove meses de reclusão. Em regime fechado.

Pensei duas vezes antes de voltar novamente ao banheiro naquele dia.

Olho mágico

– Putz, agora eu tô ferrada...

A promotora se aproximou de mim e cochichou, tão logo entramos na sala de reconhecimento.

Eu havia conseguido. Com certa dificuldade, mas estavam lá. Cinco homens negros enfileirados, dispostos na sala contígua para que a testemunha nos apontasse, entre eles, o autor do latrocínio.

O crime era grave, gravíssimo.

Uma bala na cabeça do motorista surdo que não atendeu a ordem de abrir a janela, enquanto o assaltante batia nervosamente com o revólver no vidro. Pode ser que ele não tenha querido atendê-la, quem sabe não o tenha escutado. Jamais saberíamos. Mas o tiro, certeiro, foi o que bastou. O assaltante não levou nada, além da vida de um homem de pouco mais de trinta anos.

Como acontece em vários casos de repercussão, houve muita confusão na investigação e uma fogueira de vaidades se acendeu entre as autoridades policiais. Até que chegássemos à audiência, a testemunha presencial, um senhor de meia idade que passava pela rua, já havia sido levado a três delegacias diferentes e apresentado a vários suspeitos. Por isso, o cuidado em fazer deste reconhecimento um ato de maior segurança.

O réu havia sido denunciado pelo vizinho, que ouviu uma

conversa estranha e depois soube dos fatos pela TV. Havia um ou outro estilhaço de indício pelo caminho, mas ninguém duvidava, a começar pela inquieta promotora, que o reconhecimento seria mesmo a prova dos nove.

O réu era negro, bem escuro, relativamente baixo e um pouco atarracado.

Diz a lei que devemos buscar pessoas parecidas, se possível, para colocar a seu lado no reconhecimento pessoal. Naquele fim de tarde, dei a ordem que supunha demasiadamente simples: encontrar na carceragem do fórum outros presos que fossem parecidos com ele.

A resposta até me espantou de tão inesperada: não havia réus negros suficientes à disposição. Quase todos eram mulatos e a maior parte deles muito jovens e muito magros.

Foi preciso fazer uma garimpagem no Fórum, à cata de funcionários com perfis similares – o que nunca tinha feito antes e tampouco vim a fazer depois. Tudo para acalmar aquilo que mais tarde poderia se transformar em um enorme drama de consciência: um crime gravíssimo e uma dúvida persistente. Não há ingrediente pior para o sono de um juiz criminal.

A força do reconhecimento pessoal costuma ser inversamente proporcional à qualidade de sua produção.

Quando o réu não é preso na imediata flagrância, uma série de elementos pode permitir formar a convicção de sua culpa. A posse de bens subtraídos, a situação na qual é encontrado pela polícia, a ocultação de uma arma. Quase sempre são insuficientes para a condenação sem que a vítima ou alguma testemunha o aponte diretamente.

Mas o reconhecimento por si só também não significava uma certeza inabalável.

Durante o inquérito, o ato se realiza no interior de uma

delegacia de polícia. A testemunha deve ser convidada a fornecer as características do suspeito e somente depois identificá-lo no meio de outros. Não raro, as formalidades são deixadas de lado e a vítima vê o réu sozinho, algemado, ao lado de dois policiais, logo após ter sido informada por eles que era ele a pessoa presa com seus bens. A força do sugestionamento não pode ser desprezada.

No Fórum, a vítima ou a testemunha confirmam ao juiz, durante a audiência, a autoria apenas indicando o réu na ponta da mesa. Mas, como muitas testemunhas e praticamente todas as vítimas sentem pânico ao estar na mesma sala, cara a cara com o réu, este ato acaba sendo transferido para as salas de reconhecimento.

Nem todos os fóruns possuem espaços desse tipo. Nosso antigo Fórum Criminal, por exemplo, no histórico Palácio Mauá, não tinha nenhuma à disposição.

Alguns juízes exigiam que os réus ficassem de olhos fechados enquanto procediam ao reconhecimento, nos corredores. Outros abriam uma espécie de fenda na porta da sala de audiências, que cobriam com acrílico fumê, supostamente para evitar a visão em sentido contrário.

Havia ainda aqueles que se socorriam do olho mágico, mesmo com a conhecida distorção das fisionomias que ele provoca. E muitos se utilizaram da tática do reconhecimento pela fresta da porta. Eu mesmo presenciei uma senhora obesa que não cabia no ângulo necessário para manter-se a fresta aberta, o que gerou um enorme e inesperado constrangimento logo convertido em indignação.

Quando, enfim, nos mudamos para a Barra Funda, a improvisação e o desconforto ficaram para trás e as modernas salas com um espesso vidro no meio permitiam que a testemunha visse claramente os réus, sem que esses pudessem enxergá-la.

Era exatamente a situação em que estávamos, com os cinco "suspeitos" perfilados, mãos para trás, e uma similaridade que surpreendeu a todos, em especial a promotora, que naquele exato momento, receou ver sua importante prova escoar por entre os dedos.

– Caramba, são muito parecidos – ela me dizia baixinho, enquanto posicionávamos a testemunha ocular e a porta daquela sala escura era fechada – ele não vai conseguir...

A testemunha deve ter percebido a apreensão da promotora e quem sabe também se não a minha, no curto espaço de tempo que levou para nos apontar corretamente o réu. Pois tão logo saímos da sala, no caminho de volta à audiência, aquele senhor se aproximou abruptamente e segurou firme no meu braço, em um gesto de surpreendente intimidade. Olhando-me fixamente nos olhos, sentenciou:

– Pode ficar tranquilo, doutor. Eu vi e sei que é ele.

Foi a primeira e última vez que uma testemunha se preocupou comigo.

Bagatela

Quanto vale a liberdade?

A primeira vez que me perguntei isso estava diante de Alexsandro. Ele havia sido preso tentando furtar quatro tabletes de chocolate Suflair, algo em torno de doze reais.

Na faculdade, falávamos muito sobre o tal crime famélico, de quem subtrai alimentos por falta do que comer. Estado de necessidade, certamente. Mas o próprio Alexsandro se antecipou para dissipar quaisquer dúvidas. Ele não gostava tanto assim de chocolate:

– Era para eu vender no farol, doutor, estou desempregado.

Como Alexsandro, existe uma multidão de *Jean Valjeans* espalhados por nossas salas e celas. Presos por ninharias e perseguidos pelo sistema o resto de suas vidas. Estigmatizados pela sociedade e lançados continuamente à marginalidade, como o personagem de Os *Miseráveis*.

Shampoo, picanha, chicletes e fralda. Bermudas infantis, sabonete e whisky. Pasta de dente, bacalhau e chave de fenda. Há de tudo um pouco nos furtos de bagatela. Sobretudo pouco.

As vítimas são quase sempre grandes lojas de autosserviço, como supermercados e farmácias, que de suas gôndolas estimulam não apenas o desejo, como ainda a falsa sensação de que tudo está ao alcance de nossas mãos.

De todos os processos com que me deparei, e foram muitos, porque a lei e a ordem têm um exército de defensores exemplares para casos como esses, o mais pitoresco foi o de um pintor preso e processado pela tentativa de subtrair um rolinho de pintura. Seu preço era R$ 1,67. O juiz anterior havia rejeitado a acusação, com base na aplicação do princípio da insignificância. Mas o promotor recorreu ao Tribunal e os desembargadores disseram que isso não existia. Três anos e meio e duas centenas de páginas depois, o processo se encerrou com a minha sentença de absolvição e o promotor admitindo, com um certo atraso, que estava gastando vela com mau defunto.

Aleksandro também era um mau defunto. Pobre, de pouca instrução e de apenas um outro antecedente criminal, tão inofensivo quanto este. Era o tipo de cidadão que não devia nem precisava enfrentar o rolo compressor da justiça penal. Mas lá estava ele, para purgar os seus pecados, e mais ainda os do sistema que o envolveu.

Envergonhado, admitiu que tentou mesmo levar os doces do supermercado. Mal sabia que sua face de carência e suas roupas surradas haviam feito disparar os alarmes da prevenção de fraudes assim que ingressou na loja. Foi acompanhado de perto por um vigilante disfarçado, enquanto nervosamente olhava de um lado a outro, em busca de certeza da clandestinidade de seu ato. Não teve, mas só se apercebeu disso quando, após passar pelos caixas sem pagar, foi obrigado a esvaziar os bolsos na porta do mercado. Já era tarde. O implacável curso do direito penal estava em franco movimento, ainda que não houvesse qualquer risco em sua conduta.

Bagatela e crime impossível.

Mas até que recebesse uma sentença favorável, Alexsandro havia sido preso por vinte dias, acompanhado inerte à fixação de uma fiança que, se pudesse pagar, certamente não estaria furtando chocolates – e, enfim, ganho a liberdade provisória com a obrigação de se apresentar ao Fórum no dia seguinte à sua soltura e em todas as audiências do processo. Pôde respirar um pouco, mas sem usufruir daquilo que se costuma chamar, com uma dose de desconhecimento e outra de cinismo, de 'sentimento de impunidade'. Ainda tinha um recurso pela frente para aguardar.

Existem aqueles que acreditam que uma sanção servirá para inibir futuros delitos, pois o réu aprende com seus erros.

Outros estão convencidos que toda a falha, por menor que seja, deve ser punida. É o exemplo da punição que afugenta todos os demais do crime.

Eu não sei o que Alexsandro aprendeu com o seu périplo entre a cadeia e o fórum. Tampouco imagino o quanto as ameaças do Estado serão suficientes quando o pão e o leite de suas crianças estiverem de novo comprometidos.

Mas o fato é que *ele* me ajudou a aprender uma lição.

Alguma coisa deve estar muito errada quando a liberdade de um homem vale tão pouco.

O medo do juiz diante do réu

Ainda estava no começo da carreira, quando fiz a audiência de Júlio.

Lá se vão mais de vinte anos, mas a lembrança do apuro permaneceu. O bom é que isso hoje me ajuda a perguntar primeiro, antes de suspeitar; e suspeitar primeiro antes de ter certeza.

Júlio estava sentado na cadeira do réu, bem na ponta da mesa de audiências. Eu, no centro da mesa superior, que fica sobre um espaldar acarpetado, fazendo um "T" com aquela mesa em que se sentam as outras pessoas.

Dizem que a mesa do juiz está no tablado elevado para que as partes possam fiscalizar melhor os trabalhos da Justiça. Mas muitos colegas acreditam demais na superioridade aparente destes quinze centímetros. Maior o tombo, em algum momento da vida.

Ouvi a primeira testemunha e tudo transcorria tranquilamente. O próprio Júlio já tinha sido ouvido antes, para explicar a briga no bar em que se envolvera.

Veio, então, a vítima e depois o dono do bar, que narraram a agressão que ele, já embriagado e a altas horas da noite, praticou, depois de quebrar um copo no balcão. A vítima saiu com ferimentos leves no braço.

Quando ouvíamos a última testemunha, o policial militar chamado depois da briga, começo a ouvir Júlio resmungar.

A princípio, penso que murmura com seu advogado e procuro me concentrar no policial.

Aumenta o som e meus olhos se viram para o réu. O advogado interfere rapidamente e fala em nome dele.

– Excelência, o senhor podia arrumar um pouco de água para meu cliente?

Respiro fundo e mando o escrevente interromper a datilografia do depoimento para buscar água.

Voltamos à testemunha e os resmungos continuam. Mais altos agora.

Faço cara feia para o advogado, em busca de uma explicação, quando me deparo com uma cena que acende a luz de emergência. Júlio, além de murmurar, segura forte e balança o copo nas mãos.

O copo!

O escrevente deu ao réu um copo de vidro – mais ou menos como aquele que Júlio foi acusado de ter quebrado na mesa do bar e depois usado para ferir seu amigo. Agora está ele ali, perdendo o controle novamente, a poucos centímetros da cadeira do promotor. E com um copo, *o copo*, nas mãos.

Minha intranquilidade cresceu e com ela a vontade de terminar logo a audiência. Fico entre mandar que Júlio se cale e exigir a devolução do copo. Haverá reação? Na dúvida, opto por esperar, porque tudo está quase acabando.

Mas é justamente nesse momento que meu coração se acelera. Júlio solta um grito, uma cara de revolta, e bate o copo fortemente na mesa.

É o que basta. Ordeno ao escrevente que saia imediatamente para chamar um policial.

– Doutor – falo tão firme quando consigo – vou mandar prender seu cliente se ele fizer mais um único gesto.

O advogado, atônito, tenta me dizer algo, mas estanca sem palavras. Hesita entre argumentar comigo e segurar Júlio que, em um movimento brusco, joga a cadeira para trás e se levanta, derrubando o copo no chão.

O escrevente não chega a tempo com o policial e em altos brados, eu decreto a prisão do acusado que, a essa altura, completamente desesperado, solta um grito ainda mais potente.

O advogado se agarra a ele e assim que o policial adentra a sala com a mão no coldre, só tem tempo para me dizer em pânico:

– Doutor! É um ataque, é um ataque doutor.

Fomos salvos pelo policial que desbarata a tempo a armadilha que me apavora e me constrange.

Era mesmo um ataque. Epilético.

Guardei a voz de prisão e a suspeita de que Júlio fosse agredir alguém com o copo, cujos cacos só ameaçavam a ele mesmo, enquanto tombava.

Quinze minutos se passam até que os corações paulatinamente se desaceleram. Acho que o meu demorou mais do que o de Júlio para voltar ao normal.

Depois de ter sido seguro pelo policial, no corpo para não se bater, na boca para não se morder, Júlio se recupera.

Vagarosamente, senta-se de novo na cadeira dos réus. De cabeça baixa, com uma voz cortada e embargada, cheio de medo e de respeito, fala escolhendo as palavras:

– Doutor, peço que me desculpe. É que eu fiquei muito nervoso com a situação. Estou envergonhado.

Eu também.

Aqui se faz, ali se paga

Advogados e juízes usam o mesmo vocabulário. Mas nem sempre falam a mesma língua. As corporações são ainda mais fechadas no meio jurídico, recheado de formalidades e tradições. Entre elas, no entanto, há muitos pontos de contato

Parte dos juízes já foi advogado, outros se tornam quando se aposentam. E não são poucos os advogados que lutam para virar juízes, durante ou no fim da carreira.

Advogados costumam criticar a arrogância ou o autoritarismo de certos juízes. E os magistrados reclamam principalmente das chicanas, manobras que os piores advogados embrenham para evitar que seus clientes sejam julgados.

É nas audiências, todavia, que a tensão se estabelece.

Uma surda disputa que ronda o momento mais delicado de um processo.

Tinha um ano e meio de serviço e contava ainda com o vigor da juventude para fazer mais audiências do que o horário do expediente parecia, a princípio, permitir. Repliquei-me em duas salas e corria de um lado a outro para reduzir a pauta de quase de um ano.

A regra era jamais ficar parado.

Assim, quando eu percebi que naquela chuvosa quarta-feira, conseguiria começar uma audiência dez minutos antes do horário, não tive dúvidas. Mandei instalar. Lógico, aquilo nos permitiria reduzir o atraso das últimas audiências e com ele a sensação de culpa por uma longa espera de vítimas e testemunhas.

Fórum do interior, todo mundo se vê e se conhece. Disseram-me que o doutor Norberto, que ia funcionar como advogado dativo do réu, já estava por perto, mais precisamente na porta da sala de audiências.

Meu escrevente colocou o réu na sala, chamou a primeira das testemunhas e avisou o advogado que iríamos começar. Olimpicamente, ele olhou no relógio, empinou a cabeça e respondeu ao funcionário, enquanto andava em sentido contrário, afastando-se da sala:

– Ainda não está na hora. Vou tomar um cafezinho e daqui a pouco eu volto. O juiz que me espere.

A resposta me subiu nas ventas. Tomei como provocação pessoal e, mais, uma daquelas ridículas demonstrações de poder, que quase sempre são as detonadoras das circunstâncias mais explosivas.

Manda quem pode, desobedece quem tem o juízo. Ele ia perder por esperar.

Por coincidência, o advogado da audiência anterior tinha ficado na sala para consultar mais um pouco o seu processo. Até ele achou estranho quando o escrevente nos trouxe a resposta de Norberto, com todas as entonações que conseguiu imitar. Nós rimos e trocamos um olhar cúmplice que serviu de combinação. A decisão estava tomada.

A audiência seria mesmo muito curta. Ouvir dois policiais militares sobre direção sem habilitação, crime que era apenado com multa. Fiz constar tudo no termo e nomeei o advogado que já estava na sala para defender o réu.

Dez minutos depois, quando doutor Norberto, fingindo desconhecer a situação que provocara, entrou na sala de cabeça erguida, a audiência já estava se encerrando. Havia um advogado no seu lugar e eu pedi apenas que não nos interrompesse. Ele olhou para o relógio e depois para mim e indignado começou a bradar:

– O senhor começou antes do horário, quero que isso conste na ata. Vou anular tudo...

Mandei que o termo de audiência fosse lido em voz alta e o escrevente teve prazer em frisar os detalhes mais sórdidos: "ele que me espere", chegou a repetir duas vezes. Como o réu acabou absolvido por falta de provas, porque os policiais não lembravam de nada, não havia mais como recorrer daquela sentença.

A partir daquele dia, passei a ouvir outros advogados me alertando para o fato de que o doutor Norberto preparava um abaixo-assinado para levar à Corregedoria, e que pretendia me afastar da cidade.

Mas quando reclamou diretamente para mim, na convicção de que receberia ao menos um pedido de desculpas, eu só o alertei para o fato de que ele devia andar com o seu relógio muito bem ajustado.

– Se o senhor quer que eu seja assim tão rigoroso com o horário, serei também com os atrasos.

Ela tinha muito mais a perder com a pontualidade que tanto exigia, pois um atraso numa audiência cível, por exemplo, podia significar simplesmente a derrota de seu cliente. Diante do sentido quase ameaçador da minha resposta e mais ainda da falta de adesão de seus colegas ao manifesto, acabou desistindo de sua representação.

Semanas depois, fez questão de estar presente em um churrasco de confraternização na cidade, que terminou em futebol. Cumprimentou-me efusivamente e acrescentou que de seu lado o mal-entendido estava encerrado.

Mas na primeira vez que peguei na bola, fui derrubado com tanta força, que perdi até a noção de onde estava por instantes. Aos poucos, recobrei a consciência, acalmando aos demais que estavam preocupados ao meu redor. Ainda no chão, pude ver os outros jogadores reclamando em voz alta com o doutor Norberto pela violência da falta que havia cometido.

Ele abaixou a cabeça e concordou, pedindo desculpas. Mas olhando para mim, deixou escapar um sorriso maroto. Eu podia jurar que da sua boca saía um inaudível comentário, que só era acessível à leitura labial:

– Agora, sim. Estamos quites...

Roubar para morrer

Os crimes patrimoniais são em regra condutas de soma zero.

Uma vantagem obtida pelo agente, corresponde necessariamente a um prejuízo para a vítima.

Mas nem sempre é assim. Às vezes pode ser bem pior.

Seu Joel acordou cedo para fazer um serviço de marcenaria. No meio do caminho, recebeu a informação que o trabalho estava adiado. Parou para tomar um café. Quando desceu do veículo, foi abordado por um garoto que lhe pareceu transtornado. Ele apenas grunhia e mal dava para entender o que falava. Joel se afastou rapidamente e só de longe reconheceu o *noia*, que viu crescer no bairro.

Na saída da padaria, Zezinho, o *noia*, está lá esperando e o aborda novamente. Não fala nada desta vez, mas avança de forma abrupta sobre a chave do carro e a arrebata da mão de Joel.

O marceneiro fica desnorteado. Como está com o alarme em seu bolso opta por não correr atrás do rapaz. Mas suas mãos tremem de nervoso e ele acaba por derrubar o controle remoto que corta o combustível no chão, antes que consiga acioná-lo. Assiste, assim, passivamente o garoto entrar no seu carro, dar a partida e fugir com ele.

A acusação contra Zezinho é de roubo.

Mas apesar da perda, é a própria vítima que desmente a agressão estampada na denúncia: ele puxou a chave da minha mão, doutor, mas não me bateu, em nenhum momento. Não estava armado e não fez menção de trazer uma arma escondida.

Joel conta, afinal, que também não ficou atemorizado pelo rapaz. Apenas atônito, surpreso.

Até aí, a manifestação do promotor já prenunciava a desclassificação da acusação para furto.

Mas o drama não tinha nem começado. O pior, para ambos, veio depois.

Zezinho saiu dirigindo o veículo, mas não por muito tempo. Em menos de cinco minutos, capotou e detonou o automóvel do marceneiro. Perda total, diria a seguradora, se Joel tivesse dinheiro para contratar uma.

A adrenalina da fuga, a velocidade da direção, a ação do entorpecente, quem sabe se não até a imperícia – o garoto talvez nem soubesse dirigir direito.

As especulações vêm e se vão com o vento. Sempre é preciso chegar ao fim para entender o que se passou.

– Ele queria se matar, doutor. Disse ao policial que lhe socorreu: "Deixa eu morrer, deixa eu morrer". Foi por isso que pegou o carro e saiu como um alucinado.

Mais do que raivoso, Joel estava resignado. "O senhor imagina como eu vou trabalhar sem carreto? "

Zezinho não morreu.

Não teria morrido, nem que o policial deixasse. Apesar da dimensão do acidente, que destruiu o automóvel, ele mesmo teve apenas ferimentos leves e foi levado preso, tão logo deixou o Pronto Socorro.

Na audiência, estava cabisbaixo e constrangido, mas possivelmente aliviado. Estava mais vivo do que antes de pegar a chave do carro do marceneiro.

– Eu conheço o garoto do bairro, doutor, desde que ele era

pequeno – Joel olha de soslaio, reconhece Zezinho formalmente e assina o termo da audiência, dando fim à sua função naquele dia.

Mas o advogado sugere, o promotor concorda e eu homologo uma última chance para tentar trazer o caso de volta à soma zero. O processo é suspenso e Zezinho ganha dois anos, em liberdade, para pagar os dez mil reais do prejuízo e evitar uma condenação.

Joel é comunicado do acordo quando já se levantava para sair da sala. Balança a cabeça em anuência, mas prossegue sua marcha como se não fosse com ele. Sem raiva, mas sem qualquer esperança.

Zezinho nasceu de novo. Enxuga a última de suas lágrimas e reconhece em voz alta sua dívida.

Mas será esse um motivo suficiente para viver?

De novo

Não são apenas os assassinos que praticam crimes em série. O ditado que o criminoso sempre volta ao lugar do crime é traduzido muitas vezes pela máxima conhecida no futebol: em time que está ganhando não se mexe. Havia um assaltante que visitava a mesma farmácia quase duas vezes por semana. E sempre com a mesma roupa, um agasalho do Corinthians. Para qualquer um isso teria sido sinal de burrice; para ele, uma forma de ganhar tempo e reduzir trabalho. Os funcionários da drogaria já começavam a separar o dinheiro assim que viam a sombra do uniforme na porta. Isso acontece com frequência em postos de gasolina, o mesmo assaltante volta tantas vezes que chega uma hora que o roubo é automático e ele nem precisa se dar ao trabalho de mostrar ou se fingir armado.

É lógico que a repetição de crimes aumenta muito a probabilidade de que um dia o agente seja pego. E a bem da verdade, todas essas histórias só chegaram a meu conhecimento em razão disso.

Mas quando vem a prisão, cria-se uma bela bagunça na audiência. Não basta que as vítimas apontem o réu como aquele que *sempre* roubava. É preciso que cada um dos crimes seja identificado e se faça a prova um por um, o que nunca é fácil.

A regra básica dentro do direito penal é que não se pode

punir por antecedentes, ou seja, concluir que um crime foi praticado por uma determinada pessoa só porque ela praticou outros tantos iguais.

No caso de Zuleide e o pai-de-santo, confesso, foi um pouco difícil de segui-la.

A história é daquelas quase inacreditáveis, mas quando vem à tona você percebe que é verdade.

Dona Odete tinha lá os seus setenta e poucos anos e caminhava com extrema dificuldade, mancando de uma perna e com a ajuda de uma bengala. Cara de sofrimento a cada passo. Saía da missa, quando foi abordada por Zuleide. Primeiro um aceno, depois um sorriso, uma troca de palavras inofensivas e, pronto, a aproximação amistosa estava feita.

– Dói muito para caminhar?

– Ah, minha filha, isso é o peso da idade. Não tem mais solução, não, tentei de tudo.

Quase tudo, ia descobrir enquanto a conversa prosseguia aos poucos, sem pressa. Zuleide tinha uma tia que também sofria de problemas na perna e tinha visitado tudo o que é médico e fisioterapeuta sem solução. Mas hoje, com quase oitenta, andava que era uma beleza.

– Um *trabalho*. Um *trabalho* bem feito resolve.

Tão bem feito que ela indicou a outra vizinha que também foi e deu certo. Então, como é que não ia mencionar à dona Odete, se tinha a solução? Ia deixá-la sofrer à toa?

Conversa vai, conversa vem, dona Odete se interessou em saber o que era esse tal *trabalho*.

– Pai-de-santo, dona Odete, poderoso. É tiro e queda. Se ele não fosse bom, a senhora acha que eu ia ficar aqui recomendando?

Quando a gente ouve a descrição da conversa do estelionatário, nunca consegue imaginar como ela pôde convencer. Parece frágil, sem substância, fácil de ser desmascarada. Mas há um clima no ar que transmuda a racionalidade que é totalmente indescritível. No final, ela sempre dá certo.

Dona Odete, enfim, acolheu o conselho de Zuleide e a acompanhou até a pensão, onde morava o pai-de-santo.

O *trabalho* ia ser feito debaixo da escada, onde estava a imagem. Uma faca afiada, um ovo na perna e algumas palavras. Só isso? Não, era preciso também comprar as velas que ficariam acesas a noite toda. E a bagatela de quatro mil e quinhentos reais, para ser guardado debaixo da imagem, como oferenda. De manhã cedo, disse o pai-de-santo, ela podia voltar e pegar o dinheiro de volta.

– Mas, doutor, cadê que ele estava lá no dia seguinte? Tinha se mudado da pensão. Não deixou nadica de nada. Nem sombra.

Boa parte do dinheiro ela não tinha e acabou sacando do banco a descoberto, computado como empréstimo. Na audiência, meses depois, disse que ainda estava pagando as prestações.

Quando dona Odete contou o caso na delegacia, não encontrou surpresas nem estranhamento. Em poucos minutos, foram-lhe mostradas duas fotos ampliadas de um homem e de uma mulher.

– Esses aí, ela apontou. Esses mesmos.

Quando interroguei Zuleide, ela chorou. Negou ter praticado o crime e disse que jamais tinha visto a vítima na vida. E não se prestaria a uma indelicadeza dessas com uma idosa. Por tudo o que era mais sagrado.

Ela só se engasgou quando eu, consultando os autos, me detive na certidão de um outro processo em que ela veio a ser condenada. O crime era exatamente o mesmo, na mesma região, e com o mesmo pai-de-santo, que continuava foragido. A vítima, outra senhora idosa.

– É tudo um mal-entendido, doutor. O senhor acha que eu ia fazer a mesma coisa, no mesmo bairro, do mesmo jeito?

Sarna

Zuleide morreu pela boca. Mas também pelos cabelos. Quando dona Odete foi à sala de reconhecimento, não teve dúvidas em apontá-la como a autora do crime. Mas disse que ela estava loira no dia dos fatos.

Loira?

Confesso que quem ficou em dúvida, então, com o relato da vítima fui eu, em razão da pele bem morena de Zuleide. Não combinaria nada, nada com um cabelo assim tão loiro, pensei comigo. Talvez eu não entendesse o suficiente das mulheres. Ou das estelionatárias. Pois quando olhei a foto que havia no processo, Zuleide estava loiríssima. Pelo sim, pelo não, indaguei se ela se reconhecia na foto, com aquele cabelo.

Ela foi curta e grossa:

– É um aplique.

Era um aplique, sem dúvidas.

Aliás, *apliques* para evitar reconhecimentos em audiência criminal eram o que não faltava.

Os mais agressivos se davam na troca de presos. Aproveitando-se de alguma falha na conferência dos detentos que vinham das delegacias, um respondia a chamada pelo outro e era levado ao Fórum em seu lugar. Ao chegar lá, a vítima olhava e dizia: não, doutor, nada a ver...não é esse não.

Com a transferência dos presos provisórios aos centros

de detenção, essa prática que não era assim tão rara diminuiu bastante.

Mas ainda era possível ver réus que só usavam óculos no dia da audiência, ou aqueles que tingiam ou descoloriam seus cabelos às vésperas do reconhecimento, deixavam crescer ou cortavam suas barbas e tantas outras pequenas alterações, que podiam significar bastante para um processo.

Mas nenhum caso foi tão curioso como o de Heitor, o falso careca.

Eu não sei se foi o policial ou algum outro funcionário. Mas o promotor foi avisado, no caminho para a sala de reconhecimento, que a careca do réu não era verdadeira. Olhando de perto, dava para ver os pontinhos pretos de pelos ainda existentes. Máquina zero, sem dúvida.

O curioso é que ele não rapou o cabelo por inteiro. Fez uma careca parcial, desenhada, mantendo as *calotas* que revestiam as orelhas.

Quando a vítima olhou para aquela figura tomou um susto:

– Mas, doutor, ele não era careca! Como poderia ter ficado em trinta dias?

Saiu confusa do confronto visual e por cautela fui olhar a foto que havia no processo, tirada no dia da prisão, no mês anterior. Estava lá. E com uma cabeleira de respeito, bem despenteada, a propósito.

Ao final do interrogatório, indaguei ao réu se aquela foto que estava no processo era mesmo dele. Vai que estávamos no meio de uma grande confusão? Tudo é possível e em um processo penal o maior pecado é deixar as dúvidas em branco e usar a presunção contra o réu.

Mas ele foi sincero:

– Sim, doutor, sou eu mesmo.

Eu olhava a foto de um senhor com cabelos e olhava a cara dele com a careca de calotas. Tentava entender. Ele não se abalou nem um pouco com o possível constrangimento. Acho que já estava preparado para a pergunta, se por acaso a casa caísse.

– Pois é, doutor, fui obrigado a cortar na cadeia.

De fato, muitos sofriam essa violência a tributo da disciplina. Em certos casos, uma verdadeira humilhação. As fotos de adolescentes infratores internados, todos carecas, chegava a lembrar os campos de concentração nazistas, como costumava dizer um defensor indignado com a prática abusiva.

Mas a disciplina nem sempre é muito inteligente e vez por outra causava problemas para a própria repressão, como o caso do acusado de tráfico que usava um longo rastafári e não foi reconhecido com os cabelos curtos que fizerem dele na prisão.

Mas a situação de Heitor era bem diferente.

Por certo, nenhuma disciplina ou ordem seria tacanha o suficiente para ter uma ideia esdrúxula de rapar o cabelo somente no meio da cabeça.

Sem dúvida, era um aplique.

Mas, uma vez já reconhecido, o réu tentou desfazer pelo menos essa má impressão, tirando da cartola uma explicação que constrangeu até mesmo seu advogado:

– Foi a sarna, doutor. Eles disseram que eu estava com sarna.

O estuprador

Poucas coisas são tão constrangedoras quanto ouvir o depoimento de uma vítima de estupro. Prestá-lo certamente é uma delas.

As mulheres que sofrem violências sexuais são vítimas várias vezes, inclusive depois do crime.

Primeiro pela dúvida que se cerca a sua volta, sempre deixando um rastilho para atribuir a ela alguma forma extravagante e incompreensível de responsabilidade.

Depois, o preconceito. Os homens não compartilham tranquilamente a dor de sua companheira. Não são raros os exemplos com que tomei contato, em que ao estupro se sucedeu uma separação.

E o constrangimento de se expor na frente de pessoas desconhecidas com detalhes ao mesmo tempo tão sofridos e tão pessoais, não deixa de ser uma última agressão.

Ninguém que passa por tudo isso pode ser inserido na categoria de sexo frágil.

Lorena foi segura em seu depoimento, mas não deixou de se emocionar e nos emocionar.

Contou como aquele rapaz entrou em seu consultório se intitulando um paciente normal, que tinha inclusive agendado hora. Logo que ela fechou a porta, aplicou-lhe uma gravata e encostou uma faca enferrujada em seu pescoço. Foi o início do terror.

Os olhos de sangue, o cheiro de horror, o toque repulsivo. O jovem rapaz passou instruções numa voz pausada, o que lhe causou ainda mais medo. E depois que a subjugou e a fez se ajoelhar no chão frio e amarrou seus braços para trás com a cordinha da persiana que arrancou num só golpe, iniciou o trabalho sujo. Aquilo que na época dos fatos a lei ainda chamava eufemisticamente de *crime contra os costumes*.

A repugnância com que ela narrou as repetidas violações certamente foi muito inferior àquela que sentira no momento. Suspirou por algumas vezes, mas não interrompeu seu relato, nem quando teve de responder às minúcias, que a instrução nos fazia questionar.

Mais do que a firmeza e a precisão ou até o asco que suas declarações deixavam transparecer, foi a profissão de Lorena que ficou na minha memória. O réu era uma espécie de criminoso em série e acabou conhecido como o estuprador de dentistas.

Ele se aproveitava de consultórios vazios aos finais de expediente e de jovens profissionais sem muitos funcionários, para exercer sua cota semanal de covardia. Dezenas de vítimas sofreram em suas mãos, até que finalmente foi preso e aos poucos reconhecido pelas inúmeras mulheres que estuprou ao longo de meses.

Cada um dos processos teve o seu tempo e a sua forma, e eu fui responsável por julgar apenas o caso de Lorena. Mas não posso esconder que me espantei com a multiplicação dos crimes e aquele exótico prazer de destroçar tantos corpos e tantas almas.

Fiquei intrigado em saber qual seria a sua versão. É certo que disputava os processos um a um, mas tantos reconhecimentos pessoais dificilmente poderiam sugerir uma negativa ampla de autoria.

No dia do interrogatório, eu fiz uma atenta leitura da denúncia para situar sua resposta, em meio a muitas acusações similares que ele sofria. Descrevi minuciosamente as violências que o promotor fez constar da peça inicial e o endereço do crime. Por alguns minutos, fitei o olhar pensativo do réu que, entre todos, parecia ser o que menos se abalara com o processo. Foi um tempo perdido. Pois quando ele finalmente se dignou a responder pela acusação, aparentemente abrindo mão do silêncio que a lei lhe garantia, foi apenas para dizer:

– Ipiranga, Ipiranga... não. Ipiranga, não estou lembrado.

Um leve arrepio transpassou meu corpo, como uma descarga elétrica. Por mais imparcial e distante que a função me obrigava a ser, às vezes era difícil conviver com doses tão elevadas de cinismo, na mais absoluta indiferença.

– Ipiranga, Ipiranga... não. Ipiranga, não estou lembrado.

E foi só isso.

O silêncio me consumiu por outros longos instantes. E enquanto burilava comigo mesmo como passar ao termo de audiências aquela resposta que nada respondia, e matutava sobre a melhor forma de continuar o interrogatório, o tempo foi se encarregando de arquivar as emoções em algum lugar recôndito que não ficasse tanto assim à minha disposição.

Eu prossegui com as perguntas de praxe, que eram obrigatórias por lei, e dentre elas acabei escolhendo a mais estúpida para retomar a arguição:

– O senhor já foi processado alguma outra vez?

Toshiro, o réu que eu não conheci

Se tem um réu que eu fiquei com vontade de conhecer pessoalmente, era Toshiro.

Ele foi soldado e empresário. Dekassegui numa indústria de alta tecnologia, assistente de pastor. E tantas outras coisas. Mas quando eu lhe fiz chegar a citação para responder ao processo, não fez nenhuma questão de aparecer. Terminou o julgamento tão distante como o começara e acabou com um mandado de prisão à sua procura.

As fotos que existiam nos autos certamente não lhe faziam justiça.

Toshiro não era alto nem era forte. E para meu critério, não tinha assim um traço peculiar de charme ou sensualidade. Mas as pessoas que estavam a seu lado, isso posso dizer, pareciam sempre felizes.

Sedutor na conversa, não lhe faltavam histórias que comoviam e convenciam todos a seu redor.

Fui reconstruindo seu perfil pelos fragmentos dos relatos que me foram trazidos, versões entrecortadas que pareciam fazer referência a várias pessoas. Toshiro era múltiplo.

Gerson foi seu ponta-de-lança no empreendimento que colocou aquele bairro da zona leste em polvorosa, uma representação de fábrica de escovas japonesas.

"Ele fez uma espécie de seleção, doutor, e eu, veja só, eu, fui escolhido para ser o seu diretor. Era minha responsabilidade encontrar possíveis parceiros e pessoas que estavam dispostas a um novo desafio. Na época, eu fazia alguns trabalhos no computador para conhecidos do bairro. O senhor acha que eu podia desperdiçar uma oportunidade como essa? "

Gerson não desperdiçou uma oportunidade como aquela e inclusive vendeu o computador, seu ganha-pão, para entregar a primeira parcela do investimento a Toshiro, tão logo foi admitido como sócio da futura empresa. Brindaram ao futuro na ocasião.

O pastor Leonardo o abrigou como um membro da família.

"Ele veio recomendado por um irmão de Igreja, com ótimas referências. Precisava de um lugar para fazer suas reuniões e nosso salão tinha espaço de sobra. Depois que ele chegou, muitas pessoas se aproximaram dos cultos. Ele tinha verve, tinha talento. Era bonito ver como conseguia agregar tanta gente e injetar esperança em jovens e pais de família. "

Por insistência da esposa, Raimunda, o pastor ainda o colocou morando na sua própria casa.

"Eu ouvi, doutor, o seu testemunho de fé. Foi lindo, uma coisa impressionante. Ele se abriu com todos nós e contou o crime bárbaro que sua filha tinha sido vítima. Um estupro terrível que o marcara muito. A força que ele tinha para continuar vivendo era um belíssimo exemplo para todos nós. Eu disse a Leonardo que fazia questão que ele ficasse conosco, enquanto resolvia suas pendências no Japão".

Wagner, o dono de um pequeno restaurante vizinho à Igreja, foi ainda além.

"Ele me convenceu que a representação que estava montando ia ser tão boa para o bairro que o número de refeições que eu vendia ia aumentar muito. Por isso, não hesitei quando me pedia para fazer os lanches que servia nas reuniões.

A gente se sentia participando de um momento muito especial, uma coisa mesmo importante. Fiquei um pouco em dúvida quando ele me pediu dinheiro emprestado. Disse que o negócio estava crescendo e era preciso fazer uma reunião em um hotel. Bom, eu acabei emprestando, depois que ele mostrou o extrato de sua conta corrente em um banco japonês. Não dava para entender muito bem o que dizia o papel, naquelas letras estranhas. Eu senti que ele falava a verdade".

Mas ninguém confiou nele tanto quanto Maria do Rosário, que lhe entregou mais, muito mais do que dinheiro.

"Eu liguei para meu ex-namorado, que estava morando no Japão, dekassegui o senhor sabe, né? Aí atendeu ele e disse que meu namorado tinha se mudado, sem deixar qualquer recado para mim. Eu estava esperando a volta dele e de repente me vi sem notícias e sem chão. Toshiro pediu para que eu conversasse um pouco com ele porque estava muito sozinho. Com o tempo nós fomos nos falando, trocando mensagens e agrados. Ele me contou coisas horríveis do meu ex-namorado e prometeu que me daria uma ótima notícia quando voltasse ao Brasil. Eu estava tão magoada e ele me deixou tão feliz, doutor, que eu acabei ajudando ele a voltar. Disse que precisava só de dois mil..."

O futuro empreendimento que incendiou o bairro ia de vento em popa enchendo de esperanças pessoas humildes que se sentiam à beira de um negócio que podia mudar suas vidas. Ao mesmo tempo, em outro canto da cidade, Maria do Rosário tentava recomeçar a sua com uma pessoa simples, honesta, educada e, acima de tudo, respeitadora.

"O senhor não pode imaginar doutor, nem um beijo ele me deu. Disse que sua educação rígida não permitia, antes que estivéssemos formalmente comprometidos. Ele não me queria para uma aventura qualquer, queria para casar mesmo".

Quando as histórias se juntaram, tudo isso virou um enredo policial.

Gerson ficou cismado que em suas procuras pelo site da empresa no Brasil, não achava uma só referência a representações. Não entrou em contato com eles, com medo de pôr tudo a perder. Mas contou a história para um amigo que trabalhava na promotoria. E que achou tudo muito suspeito.

Incomodado, Gerson acabou por dividir parte de suas desconfianças justamente com Toshiro. Disse que a empresa estava demorando demais para sair e ele nem mesmo tinha um documento em suas mãos com o dinheiro que antecipou.

Toshiro foi firme, seguro e dobrou o futuro diretor, como era de se esperar de um presidente que se preze. Disse que precisava de alguém em quem pudesse confiar, que soubesse pensar grande e que estivesse disposto a enfrentar desafios e não a se borrar de medo. E se ele quisesse, podia parar por ali mesmo sua cooperação que lhe devolveria todo o dinheiro.

Gerson recuou com medo de estragar a grande chance da vida. Mal sabia que o estrago já estava feito. Toshiro concluiu que era hora de uma estratégica viagem, como comunicou a todos em uma reunião. Na volta, que o aguardassem com festa. Tudo estará pronto, disse vendendo as últimas esperanças.

E foi esperançosa que Maria do Rosário cedeu também pela última vez, comprando nada menos do que um carro para que Toshiro pudesse fazer suas viagens com mais tranquilidade, aquelas que ele prometeu parar assim que eles se casassem.

Foi com este carro que Toshiro colocou o pé na estrada, levando consigo as esperanças de uma centena de moradores, a fé do pastor, as refeições de Wagner, o dinheiro e o tempo de Gerson e o amor mais uma vez ferido de Maria do Rosário.

A capacidade de fazer com que tantos acreditassem nele por tanto tempo era realmente impressionante. De uma experiência frustrada no Japão, ele conseguira dinheiro para voltar ao Brasil, casa, comida, roupa lavada, prestígio, respeito, consideração e um carro zero quilômetro, por meio do qual acabou sendo encontrado, abrindo as chances de um processo quase nada reparador.

A diligente promotora com raiva pelo desprezo absoluto ao carinho de Rosário (nem um beijo ele teve coragem de dar, ela dizia espumando) descobriu ainda outro processo, em que o mesmo Toshiro se apresentava como veterano de guerra e dono de um restaurante.

Ele foi de fato a mais perfeita tradução de estelionatário com que topei pela frente. Um astro da palavra.

Pensando bem, acho que foi até mais seguro não o conhecer pessoalmente...

A confissão

– O senhor será interrogado em um processo-crime e não tem obrigação de responder às perguntas que eu lhe faço. É sua chance de defesa, o senhor entendeu?

O silêncio do réu indicava que não.

Ele ensaiou balançar a cabeça, mas pelo que percebi ficou em dúvida para que lado.

Eu repeti a frase padrão que antecedia a todos os interrogatórios e servia de alerta para o direito ao silêncio. Ivan, que estava mais preocupado em falar do que ficar quieto, me indagou:

– Mas eu posso ou não apresentar a minha versão?

O interrogatório do réu passou por diversas transformações nos últimos anos.

Quando comecei a julgar, era um ato privativo do juiz. O promotor e o advogado podiam estar presentes, mas dele não participavam.

Eu costumava atenuar essa proibição, permitindo ao advogado que fizesse, querendo, perguntas por meu intermédio, mas a maioria não insistia. Aliás, a maioria nem tinha advogado. Somente depois do interrogatório é que era nomeado o defensor público.

De lá pra cá, pode-se dizer que o processo penal evoluiu muito.

Primeiro com a presença do advogado no ato. Depois, que ele pudesse participar com perguntas. Finalmente, o interrogatório foi transferido para o fim do processo, para que o réu tivesse conhecimento de todas as provas produzidas contra ele, antes de oferecer a sua versão.

O interrogatório ao final é uma garantia ao réu. Mas esvaziou um pouco o ato, porque depois de todas as testemunhas prestarem seus depoimentos e o réu submeter-se a reconhecimento pessoal, muito da convicção do juiz sobre o processo já estava formada.

As teses de defesa se insinuavam nas perguntas do advogado ou na própria escolha das testemunhas. Com a robustez das provas, o interrogatório ao final fez por revigorar a confissão, como uma forma de abrandar a pena, reduzir danos.

Era mais ou menos nessa situação que estava Ivan.

Seu advogado imprudentemente antecipara este propósito, desde que Ivan foi reconhecido por todas as vítimas. Como era reincidente, ele pretendia compensar o acréscimo da pena com a confissão.

Mas não havia combinado bem com os russos.

Quando Ivan me perguntou se podia dar a sua versão, o advogado sussurrou-lhe uma orientação que eu só fui conhecer ao término da audiência, confidenciado pela minha escrevente:

– Não inventa!

Naquele exato momento, no entanto, era Ivan e não o advogado o dono da palavra.

– Olha doutor – ele me dizia – eu peguei sim as camisas. Mas roubar eu não roubei...

O advogado demonstrou o primeiro desconforto. Começou a se mexer na cadeira e segurar nervosamente seus óculos, pensando no que viria a partir daí.

– A polícia me pegou com as camisetas na mão, é verdade.

Eu joguei elas pra cima quando o policial me abordou. Mas eu não sabia que estava acontecendo um roubo.

O advogado levantou-se abruptamente da cadeira e sem saber o que fazer, foi até o fundo da sala. Pigarreou, ensaiou sair e voltou, sem conseguir controlar a aflição e a sua contrariedade.

Naquele exato momento, acredito que Ivan estaria em piores mãos se em vez de mim, viesse a ser julgado por seu próprio advogado.

A história não tinha muito nexo, nem era crível, porque ele havia sido reconhecido por três vítimas como um dos assaltantes que entrara na loja. De fato, não estava armado, mas pegava as camisas, enquanto os outros faziam os funcionários reféns. Na saída, foi flagrado com a mão na massa e tal como uma cena de filme pastelão, jogou as camisas sobre o policial e tentou fugir. Em vão.

Mas, para mim, e para o processo, sua versão era a de que apenas pegara as roupas para levar, supondo que elas estivessem sendo compradas. Não admitia o roubo.

O advogado não aguentou a rebeldia do réu e tentou intervir.

Primeiro, disse que Ivan não estava entendendo bem a pergunta, alegação que era no mínimo constrangedora.

Depois, fugindo à praxe dos interrogatórios, se aproximou do réu e cochichou algo no seu ouvido.

Mas se conversando com ele, antes do interrogatório, cara a cara, não lhe fizera entender a estratégia, como supor que um rápido sussurro ia dar conta da situação?

— Bom, doutor — ensaiou o réu um retorno — eu sabia que tinha alguma coisa de errado com as camisas...

E antes mesmo que o advogado pudesse terminar seu suspiro de alívio, emendou:

— Mas achei que era de contrabando.

Foi o que bastou.

– Pela ordem, excelência, pela ordem... – bradou o advogado.

O réu, assustado, não entendia direito o que se passava. Diversamente de tudo para o que havia se preparado, quem olhava feio e gritava com ele não era o juiz. Mas o seu próprio advogado.

Foi aí eu que eu resolvi intervir – não aguentei o paroxismo da situação nem a agonia do doutor.

Na verdade, a versão de Ivan era o pior dos dois mundos. Confirmava, em essência, a prova da acusação – sim, era ele mesmo que estava lá no momento do roubo – e apresentava, em contrapartida, uma alegação que estava longe do aceitável. Nem era o bastante para eximi-lo do crime, nem o suficiente para reduzir sua pena.

– Senhor Ivan. Seu advogado aqui está insatisfeito com a versão que o senhor está apresentando, o senhor sabe por quê?

Não, ele de fato não sabia.

– Porque ele gostaria que o senhor confessasse para que pudesse obter uma redução na pena. Não é grande, mas o suficiente para o senhor receber a pena mínima. E a versão que o senhor está me dando não é propriamente uma confissão. O senhor entendeu?

Desta vez ele balançou a cabeça. Para um lado e para o outro.

Não era mesmo fácil de entender, principalmente sendo o juiz a fazer tal advertência.

Por fim, permiti que o desesperado advogado explicasse para ele e depois de uns minutos, refiz a pergunta que Ivan me respondeu, com certo constrangimento:

– É, doutor, então é isso mesmo, é tudo verdade...

A confissão não foi lá tão voluntária. Mas eu abaixei a pena assim mesmo. E todos saíram mais ou menos satisfeitos.

Da minha parte, nunca perdi a sensação de que prometer um benefício a alguém em troca de uma confissão não passava de uma forma um pouco mais sofisticada de violência.

Segurança

Quando o veículo da empresa de segurança se aproximou, Geraldo, que cuidava da portaria do condomínio, supôs que era uma verificação de rotina. Embora não houvesse qualquer aviso da empresa, era comum que funcionários fossem destacados para acompanhar como os vigilantes estavam se comportando nos prédios.

O passageiro do veículo desceu e Geraldo podia ver nele um espelho de si próprio. Um homem alto, corpulento, embalado em um apertado terno azul-escuro. Deu-lhe um sorriso e se preparou para apertar-lhe a mão. O sisudo colega foi menos gentil.

– O senhor deve ser, deixa eu ver, o Geraldo? – disse, consultando algumas anotações.

A forma da abordagem lhe causou apreensão. Então era uma coisa pessoal? Que diabo teria feito de errado?

As orientações expressas, no entanto, eram de se portar da mesma forma com qualquer pessoa que se aproximasse, sem abrir jamais a guarda – nunca sabia ao certo se não estava sendo apenas testado.

– Eu preciso que você abra a porta para que a gente possa entrar.

Geraldo percebeu que havia outras pessoas dentro do carro, quando seu colega desceu pela porta do passageiro, ainda que os vidros do veículo estivessem escurecidos. Algo lhe passou rapidamente pela cabeça, mas logo afastou essa hipótese absurda. Era, sem dúvida alguma, um teste. A empresa devia ter sido avisada de erros na segurança e seu emprego podia depender da forma como respondesse ao pedido. Por isso, não hesitou:

– Desculpe, rapaz, você sabe que eu não estou autorizado a mandar abrir, né? Em que mais eu posso lhe ajudar?

O sujeito sorriu como se lhe aprovasse a conduta. Apresentou-se, então, de forma cordial, mas insistiu no pedido. Disse que tinha consigo uma ordem de serviço no carro e já ia lhe mostrar.

Mas quando ele voltou com uma prancheta na mão, o nível de apreensão só se fez aumentar. Se aquilo fosse um teste, era diferente de todos aqueles que Geraldo tinha ouvido falar. O porteiro da guarita tocou o interfone para saber o que se passava e antes que pudesse responder, o homem lhe deu a prancheta para que a conferisse ele mesmo.

– Geraldo, você reconhece essa foto?

O vigilante engoliu seco. Suas mãos começaram a tremer e a voz simplesmente não saía. Fitou o suposto colega com uma indignação que até então não conhecia e só nesse momento deu-se conta que havia um veículo atrás daquele da companhia de segurança e que os passageiros de um conversavam com os do outro.

A situação era mais séria do que supunha. Muito mais. Era tão séria quanto jamais podia ter sido. Era, enfim, tudo aquilo para o qual estavam treinados a combater e, ao mesmo tempo, impotentes para impedir.

Ainda estava aturdido com a foto que lhe fora mostrada, a própria esposa na porta de casa, quando recebeu o comando de uma voz grossa e seca:

– Vou lhe substituir na portaria. Isso não é um pedido.

E como Geraldo demorou a responder, ouviu a continuação da ordem ainda estupefato:

– Pede para o... deixa eu ver aqui, Ricardo, não é esse o nome dele? Pede para ele abrir logo o portão – e virando uma folha da prancheta, mostrou-lhe outra foto. – Não sei se você conhece esse garoto... É o filho do seu colega. Na porta de casa de cada um, tanto na sua quanto na dele, agora, nesse momento, tem um homem nosso armado. Eu não me transformaria em herói para defender o dinheiro dos *granfos*. E você?

– Sem novidades, disse Geraldo ao interfone – e o portão se abriu.

Eu nunca tinha visto um roubo com tamanho engenho, preparo e sangue frio.

As pranchetas com as escalas dos funcionários e as fotos dos familiares, como Geraldo viria a me contar trêmulo, meses depois, foram apreendidos no carro falso da companhia de segurança, largado no local do crime.

As informações foram se completando com a oitiva das várias vítimas, entre funcionários e moradores, testemunhas parciais daquela ação violenta e cinematográfica.

Ninguém conseguiu ver tudo, mas entre os tantos relatos fragmentados, foi possível compreender que algo em torno de dez assaltantes em três carros diferentes, fortemente armados, invadiram aquele condomínio de luxo, mantiveram dezenas de reféns e pacientemente foram subtraindo dinheiro, relógios e joias de seus abonados moradores.

Um deles era tão rico e cuidadoso que voltava para a casa rodeado de seguranças em dois veículos, um na frente e outro atrás. No segundo carro, estava um policial civil, que desconfiou do volume incomum de pessoas que rodeavam a portaria.

Treinado para se alertar em qualquer tipo de situação atípica, o policial-segurança deu a ordem para que o patrão ficasse dentro do carro blindado e desceu primeiro. Assim que botou a mão na cintura, para se aproximar do revólver, atraiu olhares de pelo menos três supostos funcionários, um deles saindo da guarita arrumando de forma desajeitada seu uniforme. Não demorou a entender o que estava acontecendo e agiu mais por instinto do que por inteligência, pois muito pouco pôde fazer diante da saraivada de balas que ecoou na portaria quando as submetralhadoras e pistolas foram acionadas em sua direção. Foi alvejado por oito disparos e caiu sangrando.

Deve ter atingido alguém, porque foi justamente o sangue, marcando um bilhete de estacionamento, largado pelo caminho na fuga dos assaltantes, o ponto de partida para uma investigação recheada de escutas, delações e alguns acasos.

Uma placa de carro estacionado em um local distante levou ao primeiro suspeito, suas ligações telefônicas a outros dois e destes a um quarto, com quem se apreendeu uma mínima parte dos bens subtraídos, que os moradores custaram a conferir na delegacia, por receio de serem ainda mais marcados como alvos preferenciais.

Uma linha tênue foi perpassando a prova em juízo, que recolhia elementos que a polícia investigou como a apreensão de bens, perícia no veículo e as escutas. Os moradores, obrigados a abrir suas residências, um por um, aos assaltantes, e a ficar quase três horas rendidos em um cubículo na garagem, tinham visto agentes diferentes e os reconhecimentos nem sempre foram coincidentes.

Geraldo se mostrou visivelmente ressentido com as desconfianças que a empresa de segurança depositou nele. Sofreu inúmeros interrogatórios para explicar os motivos que o levaram a mandar abrir o portão sem nem ter visto uma arma. Mas em juízo, narrou os fatos com a profusão de detalhes, impressões e sentimentos que me permitiram descrevê-los aqui. E quando terminou, me indagou com uma indignação incontida:

– O senhor teria feito diferente?

De todos, no entanto, o depoimento que mais me surpreendeu foi aquele que tivemos de esperar por cerca de três meses para tomar.

Recém-saído do hospital, depois de uma recuperação em que pouquíssimos acreditavam, o policial que recebeu oito tiros chegou andando e se sentou normalmente na cadeira das testemunhas. Disse que perdera apenas o baço e lamentou não conseguir mais trabalhar na ativa. Mas indicou com absoluta precisão os fatos que os seus poucos minutos de consciência puderam presenciar. Apesar de ter estado tanto tempo no estaleiro, ou quem sabe se não por isso mesmo, não esqueceu das fisionomias envolvidas naquele quase-faroeste em que não foi o que sacou mais rápido.

Estava convicto de que não era nenhum herói, nem se jactou de sua conduta assaz imprudente que pôs fim ao roubo, é verdade, mas por pouco também à sua própria vida.

– Eu fiz o que achei necessário, doutor. Mas estou muito aliviado por estar vivo.

Os réus que viriam a ser condenados também estavam.

A morte dele e a consumação do latrocínio lhes teriam adicionado alguns bons anos a mais nas penas.

A sentença

Vistos etc.

Para quem não tem muita familiaridade com o linguajar jurídico, é assim que se inicia cada uma das sentenças que os juízes proferem.

Eu mesmo precisei de alguns anos de carreira para entender que esse tal etecetera só fazia sentido nas decisões dos tribunais, porque após "ver" os autos, os desembargadores ainda os "relatavam" e os "discutiam", antes de dar seus votos.

Com o tempo, fui ficando apenas com o *Vistos*, tradição ou cacoete do qual sentença nenhuma escapa, talvez até pelo ar de solenidade, pois é o principal ato do juiz no processo. É preciso dizer expressamente que o vimos, por inteiro, todo ele, na hora de julgar.

Diferentemente do veredito do júri, que se baseia só na convicção dos jurados, na sentença o juiz tem que explicar os seus argumentos e indicar as provas que usou para chegar lá. É um trabalho de fôlego, de raciocínio e de conhecimento jurídico. Mas para mim, sempre foi o momento mais delicado, mais sensível e mais sofrido da experiência como juiz. Não foram poucas as noites que levei para o travesseiro a sentença proferida à tarde, nem aquelas que me tiraram o sono quando ainda as tinha que fazer pela manhã.

Com o tempo, a maturidade transforma os momentos mais complexos e intensos em hábitos, e a gente tende a se acostumar a produzir e produzir, diante da necessidade incontornável, e cada vez mais aflitiva, de derrubar pilhas de processos. Até que a frieza bate na porta e o automatismo se impregna, sem que você se dê conta.

Há muito mais a ser visto em uma sentença do que apenas os papéis que se sucedem nas autuações e que avolumam involuntariamente os processos.

A vantagem, ou quem sabe o ônus, de trabalhar no *crime*, é que as pessoas que sofreram seus danos, aquelas que os viram acontecer e, sobretudo, as que estarão sob nosso julgamento pela acusação de tê-los praticado, sempre se apresentam ao vivo e a cores diante de nós. Com suas certezas e suas hesitações, suas lamúrias e seus perdões, seu viço, seu cheiro e a complexidade que existe em tudo aquilo que diz respeito à vida. De um jeito ou de outro, algum sopro de humanidade, por menor que seja nosso desejo ou capacidade de absorção, sempre acaba por nos penetrar.

Desde que a reforma do processo nos obrigou, então, a ouvir as partes praticamente juntas, fazer os debates, e ainda julgar, tudo na mesma audiência, sentenciar passou a ser uma tarefa mais intensa. Talvez até com menos qualidade, em razão da urgência. Mas certamente, com um ingrediente a mais de tensão.

Muito mais por respeito do que por sadismo, me acostumei a deixar os réus na sala quando dito a sentença, mesmo que isso cause qualquer percalço de gestão, como ocorre com os presos. É certo que muitos deles não entendem bem o nosso dialeto, cheio de vistos e de outros eteceteras, mas ninguém mais do que eles têm o direito de ver a decisão que define suas vidas ser produzida diante de si.

Há réus que acompanham intensamente os ditados e se

alegram ou empalidecem quando compreendem cada passo da sentença. Há outros que seguem mentalmente a fixação das penas em seus acréscimos e decréscimos o que os fazem sentir, muitas vezes, em uma autêntica montanha russa. Há quem se indigne e quem se resigne. Quem grite, quem chore, quem sorria e quem apenas abaixe a cabeça.

Ler a sentença diante do réu pode ter seus incômodos, constrangimentos e, segundo alguns mais receosos, quem sabe até um certo risco. Mas tem também o seu lado positivo.

Milton me fez ver um deles.

O caso não era complexo, mas a sua versão até que fora razoavelmente construída. O reconhecimento da vítima era preciso e a prisão no local dos fatos narrado com segurança pelos policiais. Ao ser interrogado, ele se revoltou, narrou circunstâncias em que foi preso, e explicou porque jamais teria ingressado no carro com o qual foi abordado. Ponderando as provas que foram apresentadas, de um lado e de outro, no pequeno espaço de tempo que tinha à disposição, conclui que ele era mesmo culpado, pelo menos de um dos crimes que continha a acusação. Mas sua negativa foi tão enfática que eu fiquei com medo de que ela viesse a me assombrar posteriormente.

Tão logo proferi a sentença, Milton que a acompanhava com enorme atenção, fez desaguar toda a sua tensão acumulada. Por experiência própria, medo ou talvez orientação de seu advogado, certamente temia um resultado bem pior. Porque quando, desrespeitando recomendação expressa do policial da escolta, bateu com as duas mãos firmemente na mesa, provocando o estrondo do metal das algemas com a madeira, soltou junto um grito:

– Boa, doutor! Muito obrigado.

O promotor sorriu e olhou para mim em tom de galhofa. Assustado com o barulho, surpreso com o inesperado e inusitado agradecimento, fiz força para me conter. Enquanto seu advogado o criticava com discrição, sugerindo aos sussurros que ele simplesmente ficasse quieto, comecei a lhe explicar a decisão e as possibilidades de recurso, não sem gozar, silenciosa e disfarçadamente, de um quê de alívio. Eu estava certo.

Repreendido pelo advogado e admoestado pelo PM, Milton ouviu, então, calmamente, tudo o que eu tinha para dizer.

E ao constatar que seus maiores temores haviam mesmo sido afastados, ele balançou seguidamente a cabeça em sinal de plena concordância. Mas, enfim, quando percebeu que tudo estava certo e decididamente, não havia mais nada a perder, se aventurou em completar:

– E um semiaberto, hein, doutor? Será que não dá jeito, não?

O homem errado

Desde que um empresário foi flagrado pelas câmaras da mídia sendo indiciado em um inquérito na Polícia Federal, nos anos oitenta, a identificação dos réus em um processo criminal, nunca mais foi a mesma. A foto do empresário "tocando piano" na primeira página dos jornais suscitou uma onda de críticas generalizada, e discursos inflamados contra a espetacularização da polícia e a humilhação pública de um homem de bem. Mais ou menos como a reação que gerou, no Supremo, mais recentemente, a Súmulas das Algemas. A garantia de não ter os dedos manchados para a colheita das impressões digitais se transformou em direito fundamental.

O resultado disso é que inúmeras pessoas acabaram processadas, punidas e presas por crimes alheios, mediante a apresentação de carteiras extraviadas ou mesmo falsificadas. Depois de iniciado o processo, descobrir a diferença entre o joio e o trigo nem sempre era fácil; a ausência das impressões digitais redobrava a dificuldade.

Wagner esteve nos dois lados do balcão e talvez tenha sido um dos poucos a pagar, ainda que por obra do acaso, pela ousadia de se passar por outro.

Seu processo se pintou com tintas kafkianas, mas um bom psicanalista talvez encontrasse outros motivos para a crise de identidade.

O fato é que Wagner foi preso e processado por estar usando documento falso. Como era reincidente, sua prisão provisória foi mantida. Tudo indicava que ele passara a usar nova identidade justamente para escapar das consequências da prisão anterior, por roubo.

Policiais haviam suspeitado dele em um possível local de crime e, quando ele apresentou a carteira de identidade, as suspeitas aumentaram. Wagner pareceu nervoso e gaguejou quando instado a responder sobre seus dados.

Levado para a delegacia, foi feita a sua legitimação, uma vez que o documento, expedido por outro Estado, foi tido como duvidoso. O que era suspeita, então, se transformou em certeza: pelo confronto das identidades, ele era na verdade Raimundo Silva, já condenado por um roubo.

Fez-se a prisão, fez-se a denúncia e o processo se iniciou.

Os policiais contaram a forma como o prenderam, após o susto que Wagner teve ao dar de cara com eles na rua. A ansiedade o delatara.

Ele chegou no Fórum para dar a sua versão como o personagem da piada, que de tanto mentir não consegue mais que lhe acreditem quando conta uma verdade.

Jurou de pé junto que era Wagner mesmo. Recitou nome de pai e mãe, data e local de nascimento, uma pequena cidade no interior de Pernambuco, a que tentou até me descrever. Disse com convicção e desespero que a carteira de identidade era verdadeira.

Mas sua identificação criminal, no entanto, apontava para Raimundo. Como explicar? Ele não era a pessoa que cometera o roubo anos antes? Era ou não Raimundo, afinal?

– Eu não sou Raimundo, doutor. Não sou.

Ele parou, abaixou a cabeça, e depois de alguns minutos de hesitação, retomou a palavra para, enfim, desatar o nó:

– Mas fui.

Nós custamos a entender, porque as coisas foram vindo à tona apenas aos poucos. Raimundo Silva é que era o nome falso.

O falsário pretendia nos convencer que a nota que tinha em suas mãos desta vez era mesmo verdadeira. E buscou o caminho mais improvável:

– Eu larguei o mundo do crime, doutor. É por isso que agora uso o meu nome verdadeiro.

E apesar dos indícios candentes e da esperteza com que buscara fugir de um passado que o condenava, estava com a razão, como concluímos com a chegada do exame datiloscópico feito no Estado de origem. Os dados do RG conferiam.

Se Wagner largou de fato o mundo do crime como afirmou, não se sabe. Mas o ingresso na legalidade já lhe trouxe o primeiro incômodo: o de ter sido processado e preso, apenas, por ser ele mesmo.

Réquiem

– Doutor, eu não lembro, nem quero me lembrar da cara dele. Isso para mim foi suficiente para desistir de levar a vítima à sala de reconhecimento para ver o acusado. Além de não ser produtivo, quando a vítima já diz que não lembra, é porque não quer nem dar a chance de lembrar. No caso, tampouco era necessário. Processo por receptação, o réu tinha sido flagrado na posse do carro roubado horas depois do evento. Não foi acusado de roubá-lo.

A insistência em fazer o reconhecimento era da defesa, que não se convenceu com a recusa da vítima. Nem com a minha. A advogada pediu de novo e de novo. E eu neguei três vezes.

Caso simples, mas doloroso.

Os dois réus, João e Carlos, ficaram presos por três meses. A juíza que me antecedeu no processo havia negado a liberdade provisória. Em Habeas Corpus, o Tribunal concedeu a soltura, comum nos casos de receptação, crime sem violência. Mas para um dos réus, João, foi tarde demais. O alvará chegou à cadeia dias depois da certidão de óbito.

O processo continuou para Carlos, mas eu não consegui enxergar razão plausível para que a defesa, justo a defesa, fizesse tanta questão de realizar o reconhecimento pessoal. Vai que a vítima fala: "olha aí, doutor, e não é que é esse mesmo que me assaltou?" Chance maior de fazer com que ele voltasse à cadeia, lá de onde seu amigo João jamais voltou.

A oitiva das testemunhas terminou e com elas a audiência. A advogada de Carlos, que também defendera João, ficou parada por alguns minutos ao lado da mesa, enquanto os demais saíam da sala. Parecia que ela estava em dúvida entre se despedir de mim e se se indignar um pouco mais.

Contrariada, tentou ao menos que eu entendesse o seu requerimento, depois da impaciência de recusá-lo por tantas vezes. Quedou-se a minha frente para falar, num misto de reclamação e pedido de desculpas.

– Doutor, eu não quis atrapalhar sua audiência. Mas o senhor sabe...

Ela para, respira fundo, segura o quanto pode o embargado de sua voz, e então desaba, aumentando o tom e o desespero do que me fala. Sua vontade de desabafar sufoca qualquer resistência interior.

– Esses dois réus, João e Carlos, são primos. Foram presos juntos, com o carro que pegaram de um amigo. Eles são inocentes, doutor. Mas como não conseguiram encontrar esse tal amigo, estavam cientes que podiam responder pela receptação. Mas o senhor sabe por que motivo a juíza não concedeu a liberdade provisória?

Era uma pergunta retórica. Ela não estava disposta a parar de falar tão cedo.

– Porque, como a vítima não tinha ido à polícia para fazer reconhecimento, pairou no ar uma suspeita de que eles mesmos tivessem roubado o carro. O senhor entende, não é? Se a vítima não olha para os réus, não há como dizer que não foram eles. Então, ficou a dúvida. E foi esta dúvida – ela enfatizava a palavra dúvida – que os deixou presos durante três meses. A juíza disse isso.

– Mas, doutora, agora já está fora de questão. Não foi objeto da denúncia. A promotoria não os acusou disso. E nem a vítima.

– Eu sei, doutor. Mas nem é pelo Carlos. É pelo João. O João, o réu que morreu. Ele ficou preso só porque a juíza achou que ele podia ter roubado o carro. Eu queria que a vítima fizesse o reconhecimento, doutor. Eu sei que não faz diferença nenhuma para o processo. Mas...

Há certas coisas que os juízes não sabem.

– Mas... eu queria que ela tentasse o reconhecimento, só para que eu pudesse dizer isso à viúva do João, que está me esperando lá na saída do Fórum. Para que ela pudesse ouvir da minha boca: olha, a vítima não reconheceu o Carlos. Então, como o João estava junto, não foram eles. Ela veio ao Fórum para ouvir isso de mim. Tudo o que eu fiz por ele, não adiantou nada. Eu só queria poder dar, pelo menos, essa notícia para sua mulher: João não era ladrão.

Bom, para os efeitos legais, ele não foi processado por roubo. E, como morreu, nem mesmo seria condenado pela receptação.

Enfim, ninguém mais pode provar nada contra ele. Com a morte, sai do palco sem julgamento.

Mas no momento em que ele morreu no presídio, durante sua prisão provisória, dias antes que o tribunal lhe desse a liberdade, naquele momento, esteve mesmo preso porque pairava sobre ele uma suspeita. Suspeita de que ele tivesse sido o ladrão. E ele morreu assim, suspeito.

E por não termos tentado o reconhecimento, nem por fotografias, lá no fundo pode ser que a suspeita ainda permaneça. Não para o juiz, que não importa mais. Mas talvez para sua esposa.

Em certas situações, a justiça é cruel demais com a verdade.

Elas são parceiras constantes, mas não companheiras perenes.

Nenhum processo existe para lavar a honra do réu. No máximo, para tirar-lhe a liberdade. Se já não é possível fazê-lo, apaga-se a luz e fecham-se as cortinas.

Mesmo que as feridas ou as suspeitas continuem abertas.

Silêncio

Foi-se a época do martelo e da campainha. Um juiz não tem hoje mais do que sua própria voz para impor silêncio em uma sala de audiências.

É verdade que, presidindo os trabalhos, a tradicional regra dos incomodados que se retirem não se aplica a nós. Se nos incomodamos, são sempre os outros que mudam.

As minúsculas salas de audiência do Fórum da Barra Funda dificilmente comportam plateias potencialmente incômodas. Não mais do que os atores da audiência, um ou dois advogados que esperam a próxima, e no máximo três estudantes que preenchem tediosamente relatórios para a Faculdade. Pronto, a capacidade já está esgotada.

No mais das vezes, o barulho vem mesmo de fora, fruto das paredes ocas, e dos estranhos ecos daquele prédio, que se amplificam vindo dos agitados corredores. É lá onde se misturam réus, vítimas, policiais, advogados e os auxiliares que gritam seus nomes ao começar de cada audiência.

Todos os barulhos chegam a Roma, de modo que mesmo aboletado na mesa central da sala, na posição do presidente da sessão, sempre consigo saber que testemunha acaba de chegar, se uma ré trouxe o bebê que não tinha com quem deixar ou se um advogado levanta a voz para reclamar do retardo de seu caso a meu auxiliar.

Tudo isso porque, em prestígio ao princípio da publicidade

e às regras do código de processo e mais ainda em homenagem à tradição ou quem sabe apenas ao hábito, que é sempre o mais forte fundamento que move o mundo jurídico, as audiências são sempre feitas com as portas abertas.

Os defensores públicos, que se esforçam para cumprir a tarefa quase inatingível de entrevistar reservadamente os réus, que acabam de conhecer no pé da porta, já se aperceberam da necessidade de não apenas falar baixo, como ouvir mais baixo ainda, a fim de evitar que os juízes descubram, ao mesmo tempo que eles, o que seus assistidos pretendem alegar.

Mas se as salas são estreitas e o público é quase sempre reduzido, isso nem sempre significa que o silêncio impere lá dentro. Uma parte considerável das pessoas que ali ingressa ignora, por desatenção, falta de respeito ou apenas preguiça, numerosos avisos afixados nas paredes, com modesta e improvisada diagramação, mas esforçadas letras garrafais, para que desliguem os seus celulares. É até compreensível. Passando incólumes pelo alarido da entrada no prédio, pelos bate-bocas nos corredores e pelo pregão no *hall* das salas, quem iria supor que o silêncio fosse também uma instituição essencial à justiça?

Tirando os réus presos, cujo único artefato permitido, e imposto, é a algema, todos os demais estão sempre com seus celulares prontos a despertar.

O promotor sai da sala, discretamente, quando é o seu que range. O advogado suplica mil perdões, mas não deixa de atender a um futuro cliente. O réu engole seco e assustado, quando provoca uma inconveniência a quem está prestes a lhe julgar. Quer dizer, nem todos. Houve um que apenas desligou, e mesmo assim sem pressa, depois que o inusitado toque de seu aparelho, com algo que apenas remotamente lembrava uma música, talvez um daqueles funks que até as rádios se recusam a tocar, o instava diretamente com um "atende, cuzão, atende, cuzão".

Quando ele, impassível e despreocupado, olhou pacientemente para o número que o chamara, antes de desligar, a defensora pública já estava do outro lado do corredor, fugindo ela mesma de um novo constrangimento. Com as portas abertas e o silêncio provocado pelo espanto de todos, não fez lá muita diferença. Todos ouvimos intensamente sua sonora gargalhada.

Deixar tocar o celular, muitos deixam. Mas fazer disso uma trilha sonora não é para qualquer um. Flávia nos emprestou a sonoplastia, quando foi a sua vez de ser flagrada na imprudência.

Estava depondo como testemunha de um... roubo de celular. Sua amiga fora a vítima. Ela estava nos contando como andavam juntas, quando o telefone da amiga tocou. Não deu dois minutos e uma pessoa veio correndo, empurrou-a contra uma escada e, enquanto ela caía, puxou violentamente o...

Antes que ela completasse a frase, foi o seu próprio aparelho que tocou. Se os objetos inanimados tivessem por si só o senso de oportunidade, o celular dela certamente seria uma preciosidade. Tocou, como quem ilustra a cena, no exato momento em que as palavras saíam da boca de Flávia. Mas isso ainda foi pouco para descrever o cúmulo da pertinência. Ele simplesmente interrompeu a audiência dobrando o assustador trinado de Psicose, com aquelas notas agudas se repetindo alucinadamente. E enquanto eu devia estar imaginando o jovem assaltante se apossando do aparelho da amiga, o *ringtone* dela me remetia à personagem de Janet Leigh tomando o banho mais assustador da história do cinema.

Flávia desligou o aparelho, pediu desculpas, envergonhada, mas não escapou de matar a nossa curiosidade, quando informou que aquele era o toque escolhido para as chamadas de sua irmã.

— Teve um dia que ela acordou e deu de cara com uma pessoa estranha na cozinha de sua casa, mexendo nas gavetas dos armários. O rapaz se assustou mais ainda, quando ouviu o grito dela. Largou tudo e tentou fugir, desesperado. Minha irmã não teve dúvidas. Pegou um facão, daqueles enormes, doutor, e saiu correndo atrás dele, balançando a mão fingindo golpes. Eu achei que a música do Hitchcock era bem adequada...

Ficou claro para a defensora que dessa vez ela não precisava sair da sala para rir.

Dona Vanda

Um grande amigo costumava dizer: cada um que senta naquela cadeira, leva um pedacinho da gente embora.

Dona Vanda levou um bocado de mim.

Quando ela entrou na sala, eu devia estar entretido, de cabeça baixa, provavelmente despachando um processo. Isso às vezes acontecia. Sem perceber, dizia para a escrevente instalar a audiência, enquanto ia conferindo a volumosa pilha de despachos. Algum deles deve ter tomado a minha atenção por mais tempo naquele dia, porque de fato não a vi entrar e nem se sentar na cadeira das testemunhas. Foi preciso que a escrevente, depois de aguardar sem sucesso alguns instantes, me alertasse com o seu tradicional, "Pronto, doutor" em alto e bom som.

Foi então que eu a vi.

Com um lenço branco recobrindo os cabelos, ela segurava tão firme quanto conseguia a sua mão trêmula, a foto de uma adolescente. Dona Vanda lembrava uma das mães da Praça de Maio, em Buenos Aires, velando por seu rebento desaparecido. Sua súplica era quieta e, talvez por isso, mais contundente.

Antes que eu pudesse ler a denúncia do caso, ao perceber que meu olhar não desgrudava da imagem da jovem, cabelos castanhos longos e escuros e um sorriso que contrastava em todo com aquela situação, dona Vanda se antecipou:

– Dezesseis anos, doutor. Dezesseis anos.

Bernardete não era vítima da ditadura, com memórias arquivadas em pastas que jamais se pôde abrir. Mas sua mãe permanecia incrédula com a ausência da filha, como se a mostrando pudesse ainda mantê-la um pouco mais viva em sua memória.

Ela esteve na alça de mira de um jovem maltrapilho e ansioso, possivelmente entorpecido, que não conseguiu esperar nem mesmo uns poucos minutos, até que ela e sua mãe entregassem os aparelhos celulares que ele exigia com tamanha fúria, por detrás de uma arma de fogo trepidante.

Eu tentei filtrar um pouco a emoção e escolher as palavras menos invasivas para fazer as perguntas. Mas era de todo inútil. Não havia eufemismos o suficiente para descrever o indescritível. Acho que não houve um dia sequer depois dos fatos em que ela tenha deixado de pensar em tudo aquilo o que aconteceu.

– Em cinco minutos estaríamos em casa. Um ou dois faróis, se tanto. E o garoto, doutor, olhos vermelhos, devia ter usado alguma coisa, o senhor não acha?

Eu apenas balancei a cabeça para que ela prosseguisse por si só.

– Ele gritava e soluçava. Também tremia demais. Apavorou tanto, que a gente demorou para dar os celulares. Vai saber no que ele pensou quando atirou. Mas foi em cheio na cabeça dela. Dezesseis anos, doutor. Dezesseis...

Contrariando as expectativas de todos, dona Vanda não fez discursos, nem clamou por justiça em voz alta. Deu um depoimento curto, mas que nos fez a todos, até mesmo o advogado do réu, engolir em seco. Não chorou, nem mesmo quando esteve de frente para o algoz de sua filha, a quem apontou com segurança e discrição na sala de reconhecimento. Mas não soltou, por um minuto sequer, a fotografia de Bernardete, álibi de sua silenciosa súplica, que nos aturdia durante toda a audiência.

Bernardete parecia estar entre nós, escutando o lamento da mãe e vigiando nossas condutas.

– Dezesseis anos, doutor. O senhor imagina o quanto de vida ela ainda tinha pela frente?

Quando Vanda se levantou, quis dizer algo que pudesse reconfortá-la, mas ainda que tenha procurado por um léxico inteiro de forma quase alucinante, nos poucos instantes de que dispus, não encontrei nenhuma palavra que valesse a pena. Antes que se fosse, consegui apenas balbuciar um constrangido *muito obrigado*.

Não deve ter sido assim tão inócuo, porque ela ainda fez questão de parar à beira da porta para me agradecer, com um olhar cortante que misturava resignação e a esperança que talvez depositasse em mim. Naquele momento, se ela não estivesse assim tão distante, era possível até que eu a abraçasse para dizer-lhe com um gesto tudo aquilo o que as palavras não foram capazes.

Certamente não era a minha função. Folgo que tenha conseguido evitar.

Mas quando ela saiu, deixando um vigoroso e contundente vazio por trás de si, eu tive uma certeza. Antes mesmo de ouvir as demais testemunhas e o réu ao final: não tinha a menor condição de sentenciar aquele processo na audiência.

Oralidade, imediatismo, celeridade processual.

As diretrizes do novo processo penal tinham lá o seu sentido. Resolver os processos o quanto antes para sedimentar as situações e evitar os acúmulos e atrasos.

Mas desde que dona Vanda entrou na sala, e principalmente depois que ela saiu, levando consigo aquele pedacinho de mim, passei a dar conta que a carga emocional nem sempre permite que a gente explore, no raciocínio, todas as possibilidades que a construção de uma decisão serena demanda.

O legislador moderno e ansioso pode não entender. A opinião pública nem sempre vai concordar.

Mas há momentos em que a justiça que não tarda, falha.

Histórias desperdiçadas

Cristina entrou na sala decidida. Sentou-se, olhou para o réu que estava na ponta da mesa e disse sem que eu fizesse qualquer pergunta:

– É esse aí, mesmo, doutor.

Eu comecei a sentir que o dia ia ser longo, muito longo.

Desde que cheguei esbaforido naquela terça-feira, antes até de colocar a pasta ao lado da cadeira, como fazia todos os dias, olhei de esguelha para o papel que estava sobre a mesa, rodeado por três arranha-céus de processos.

No canto da folha, a imagem que eu mais temia ver numa pauta de audiências: o grampo. Duas páginas. Era um inequívoco sinal que havia muito trabalho pela frente.

Eu contei vinte e seis pessoas para serem ouvidas e não podia reclamar com ninguém. Era eu mesmo quem agendava os processos, para controlar a fluência do dia. Cada vez que a pauta ameaçava se estender para além de dois meses, eu fazia um pequeno *overbooking* e ia sofrer quando chegasse o dia.

Minha superstição me ensinou, todavia, que se a primeira audiência ia bem, o resto do dia se acertava. E, verdade seja dita, estávamos com a faca e o queijo na mão para isso acontecer.

Disparo de arma de fogo. Revólver municiado, cápsula deflagrada apreendida, réu confesso. Depois de ouvir o policial militar que flagrou o comerciante com a arma na mão e escutou dele a confirmação do tiro, perguntei ao promotor se pretendia ouvir todas as testemunhas arroladas.

Ninguém na sala, nem mesmo o advogado de defesa, ou o próprio réu, duvidava do desfecho da ação.

– Só mais uma, né? – respondeu o promotor, apenas para justificar a indicação que fizera na denúncia.

Não demorou cinco minutos para que ele se arrependesse da sugestão. Foi o tempo de ouvir o primeiro *disparo* de Cristina.

– Esse homem aí tentou matar o meu irmão. E tudo por causa daquela vadia. O senhor acha que isso se justifica?

O promotor abaixou a cabeça e seus olhos já não estavam mais a meu alcance.

Cristina começou a contar a história desde o fim até o começo, de uma forma tão desordenada quanto raivosa. De seu confuso e adjetivado relato, aproveitava-se o fato de que aquele comerciante havia descoberto mais uma das traições da mulher e chamou o irmão de Cristina para tirar satisfações, quando, então, teria se dado a tentativa de homicídio.

Ela não havia chegado na parte que me interessava e, portanto, fui obrigado a intervir:

– Mas a senhora viu isso?

– E como é que eu podia, doutor? Eu estava trabalhando. Cheguei depois e esse senhor aí já estava fugindo.

Retornávamos, então, ao prumo original, quando Cristina, insatisfeita com a pouca atenção que havia recebido por uma denúncia tão grave, nos alertou antes de sair:

– Mas o meu irmão está aí na sala do lado. O senhor não vai querer ouvir ele, não?

Eu olhei de novo para o grampo que unia as duas folhas da pauta de audiências. Tive a certeza de que ainda ia custar muito para chegar à segunda página do dia. Mas uma vítima de homicídio referido em um depoimento, e ainda por cima, presente ao Fórum, como dizer não? O promotor balançou a cabeça sem muita convicção, na esperança de que a minha anuência já significasse por si só a isenção de sua responsabilidade. Fomos, então, à testemunha não arrolada.

Henrique entrou na sala de forma cautelosa, como se estivesse indo a uma festa a que não fora convidado. Olhou para os lados, esperou minha autorização, e enfim sentou-se na cadeira que indiquei.

Perguntei-lhe se seu nome era Henrique mesmo e se conhecia o réu, e ele respondeu a ambas as perguntas apenas balançando a cabeça. Saudei o fato de a genética ter distribuído de forma desigual as características daquela família. Mas, como já havia acontecido no começo do dia, logo me percebi novamente cantando vitória antes do tempo.

– O senhor o viu com uma arma no dia dos fatos?

A resposta demorou a sair e então todos percebemos que não era uma simples questão de timidez.

– S-s-s-s-im, dou-doutor.

Gago.

A escrevente tirou os dedos do teclado e se recostou na cadeira. Tinha certeza que eu ia demorar um bocado a ditar no termo aquelas respostas.

– E ele atirou com essa arma?

– S-s-s-sim, dou-dou-tor. Ele a-a-a-ti-ti-rou.

Eu perguntei se ele sabia o porquê e em seu jeito sôfrego, mas esforçado de juntar as sílabas e coordenar a fala, me disse, então, que o réu havia tentado matá-lo.

Vasculhei de novo o processo para tentar entender por qual motivo o promotor estava acusando o comerciante ape-

141

nas pelo disparo da arma. Encontrei a resposta na declaração de Henrique no inquérito policial.

– Senhor Henrique, estou lendo aqui no processo que, para o delegado, o senhor disse que o réu havia atirado para cima. É isso?

– S-s-s-im, dou-dou-dou-tor. Para ci-ci-cima – fiquei sem saber se a pausa agora podia ser atribuída exclusivamente à gagueira. – Pa-pa-pa-ra cima de m-m-im...

Se eu risse, ia parecer desprezo. Se eu lhe desse uma bronca, ia passar por covardia.

Eu ignorei aquela piada involuntária e concluí que estava sendo preguiçoso e apressado. Pedi, então, que Henrique contasse a história de seu jeito, custe o que custasse.

Ele estava repleto de constrangimento, mas nem chegou a me pedir para que tirasse o réu da sala. Disse, envergonhado mesmo, que foi abordado pela esposa dele no bar. Uma, duas, três vezes. Sempre a refutou, justamente porque não queria encrenca. E passou a ouvir as várias histórias sobre ela, que começavam a rechear o seu imaginário. Chegou um dia que não conseguiu mais dizer não.

– Se eu fa-fa-fa-las-las-se não, dou-dou-tor, ia pa-pa-pa-re--cer que eu e-ra vi-vi-vi-a...

– Tudo bem, senhor Henrique, nós já entendemos –eu disse ao interrompê-lo, agradecendo a função social da gagueira.

E virando às partes, indaguei: "Alguma pergunta, doutores?"

Promotor e advogado responderam negativamente balançando a cabeça e contendo o riso. Eu fazia o mesmo, enquanto disfarçava analisando pela enésima vez a pauta que teríamos pela frente e esperava Henrique assinar o termo e sair da sala. Não consegui evitar olhar para a cara do réu. Mas ele passou a audiência inteira impassível.

Como já devíamos supor, havia toda uma história por trás daquele disparo. Amor, traição e orgulho. Som e fúria, prestes a serem arquivados pela história oficial.

Eu até indaguei ao promotor, por dever de ofício, se ele pretendia mudar a acusação para tentativa de homicídio.

Mas com os depoimentos precários que tinha à mão e as circunstâncias que os envolviam, ele avaliou que o Júri não lhe daria nenhuma solução melhor do que aquela. Uma tentativa branca após a traição comprovada não era propriamente uma trinca de ases.

– Vou manter a acusação de disparo, excelência.

O advogado também estava de acordo e com isso prosseguimos de onde havíamos parado, deixando todo aquele amor e desamor de lado.

Passei o resto do dia correndo atrás do prejuízo para tirar o atraso. Mas ao final agradeci silenciosamente a Cristina e Henrique.

Foi ali que comecei a registrar algumas das tantas histórias desperdiçadas que fui ouvindo pelo caminho. A memória me traiu algumas vezes. Em outras cobriu de lógica e graça episódios que conheci por fragmentos. Alguns casos, o dever me obrigou a tingir, mas reproduzem com fidelidade a forma como os dramas e as pessoas me tocaram ao longo desses anos.

FONTES ANTENNA; OLD PRESS; DISTURBA
PAPEL NORBRITE 66 G/M²
IMPRESSÃO GRAPHIUM
TIRAGEM 500 EXEMPLARES